VeredaS

GANYMÉDES JOSÉ

Oito minutos dentro de uma fotografia

2ª EDIÇÃO

DE ACORDO COM AS NOVAS NORMAS ORTOGRÁFICAS

MODERNA

1ª edição 1984

COORDENAÇÃO EDITORIAL Maristela Petrili de Almeida Leite
EDIÇÃO DE TEXTO Erika Alonso, Virginia Aoki
COORDENAÇÃO DE PRODUÇÃO GRÁFICA Fernando Dalto Degan
COORDENAÇÃO DE REVISÃO Estevam Vieira Lédo Jr.
REVISÃO Ana Maria C. Tavares, Liduína Santana
EDIÇÃO DE ARTE/PROJETO GRÁFICO Ricardo Postacchini
CAPA Ettore Bottini
ILUSTRAÇÕES Victor Tavares
DIAGRAMAÇÃO Anne Marie Bardot
SAÍDA DE FILMES Helio P. de Souza Filho, Marcio Hideyuki Kamoto
COORDENAÇÃO DE PRODUÇÃO INDUSTRIAL Wilson Aparecido Troque

IMPRESSÃO E ACABAMENTO Log & Print Gráfica e Logística S.A.
Lote: 292545

Dados Internacionais de Catalogação na Publicação (CIP)
(Câmara Brasileira do Livro, SP, Brasil)

José, Ganymédes, 1936-1990.
Oito minutos dentro de uma fotografia / Ganymédes José. — 2. ed. — São Paulo : Moderna, 2003. — (Coleção veredas)

1. Literatura infantojuvenil I. Título.
II. Série.

02-5928 CDD-028.5

Índices para catálogo sistemático:
1. Literatura infantojuvenil 028.5
2. Literatura juvenil 028.5

ISBN 85-16-03498-4

EDITORA MODERNA LTDA.
Rua Padre Adelino, 758 - Belenzinho
São Paulo - SP - Brasil - CEP 03303-904
Vendas e Atendimento: Tel. (0_ _11) 2790-1300
Fax (0_ _11) 2790-1501
www.modernaliteratura.com.br
2020

Impresso no Brasil

Para Tereza de Jesus Gondar,
especialíssima e terna amiga, minha
primeira tradutora para a língua espanhola;
e Eico Suzuki, escritora do coração.
Ambas, meio irmãs de espírito.

um

JUSTAMENTE naquela noite eles esperavam o escritor para jantar.

Enquanto observava a esposa terminando de colocar a mesa, Jenner tomava uma cervejinha.

— Eu acharia melhor que você, em vez de só ficar espiando, também me ajudasse! — falou Natércia com os olhos verdes faiscando.

Jenner caiu na risada. Alto, forte, de cabelos avermelhados, ergueu o copo de cerveja pela metade e brindou:

— Saúde! mas já ralei o queijo, não chega? Além do mais, você sabe que torci o pé... e ele ainda está doendo...

Resmungando coisas que o marido não ouviu, Natércia saiu para a cozinha.

Lá pelas oito e tanto, tocaram a campainha. A empregada foi atender. Era o escritor. Meia-idade, moreno, camisa clara e calças escuras. Sentaram-se todos na sala e dali a pouco estavam conversando animadamente. Natércia vestia calça comprida e tinha uma estreita fita de veludo no pescoço, porém estava muito elegante. Era uma garota muito bonita.

— Ser escritor deve ser muito emocionante, não é? — perguntou ela a certa altura da conversa. — Em meu trabalho na editora, só fico imaginando o que acontece na cabeça dos escritores enquanto estão fazendo um livro...

— É difícil explicar — respondeu o visitante — mas é um acontecimento mágico. De repente, as coisas se transformam, parece que nós não somos mais nós e a cabeça fica cheia de pequenos diabinhos que desejam ter vida própria. A partir daí acontecem coisas que ninguém consegue explicar.

— Deve ser mesmo muito maluco! — falou Jenner despejando mais cerveja no copo. — Difícil para as pessoas que não escrevem entender a coisa como realmente ela é.

O visitante deu uma risadinha e, olhando de lado, viu uma coleção de fotografias sobre uma mesinha perto do sofá. Uma, porém, chamou-lhe mais a atenção. Era oval, em branco e preto, e parecia antiga. Tomando-a nas mãos, o escritor observou-a longamente. Seu rosto pareceu transformar-se como se ele estivesse enxergando coisas para além daquela fotografia. Natércia olhou para o marido, que ergueu as sobrancelhas como se dissesse: "Este cara é mesmo pirado!"

O relógio na parede marcava exatamente 8 e 35.

Então, sem qualquer motivo, Natércia bocejou. Incrível como as pálpebras tinham ficado pesadas!

Jenner esfregou os olhos até ficarem vermelhos. Parecia estar sentindo o mesmo sono que a esposa.

— A fotografia é algo fantástico! — comentou o escritor com voz pausada, hipnótica. — Ela aprisiona o tempo num pedaço de papel e, com isso, o momento se torna eterno. Aliás, eu sempre achei que os momentos são eternos, mesmo que não os fotografemos. Eles vão sendo projetados no passado e continuam existindo cada vez mais longe de nós... mas *continuam existindo*! Se conseguíssemos dar um salto ao passado, talvez conseguíssemos fotografar esses momentos tão distantes de nós! Talvez até vivêssemos aquela realidade! Então, aconteceria o milagre de fotografarmos ou de vivermos momentos que não existem mais... em *nosso* tempo. Não acham incrível?

Natércia se esforçou para sorrir, mas o sono era tão forte que ela mal conseguia manter os olhos abertos.

Com o marido estava se passando a mesma coisa. Jenner lutava desesperadamente para não dormir.

Afinal, o que estava acontecendo com eles?

dois

NATÉRCIA teve a impressão de mergulhar num ligeiro cochilo. Mas, erguendo depressa a cabeça, abriu bem os olhos e olhou em volta. Aí, ficou assustada. Que casa era aquela? Não reconheceu nem os móveis nem a pesada cortina de veludo. O lugar era absolutamente estranho!

Sentado numa poltrona, Jenner dormia. Com um salto, Natércia o cutucou:

— Jenner, *onde* nós estamos?

Ele também abriu os olhos e olhou ao redor. Que casa esquisita, em estilo vitoriano! Sobre a mesa, um jornal dobrado. Jenner apanhou-o. No alto da primeira página estava impresso:

SATURDAY EVENING POST
Nova York, sábado, 18 de agosto de 1914
CHEGA A NOVA YORK O RAJÁ KARIM-SABÁ
PARA UMA VISITA POLÍTICA

— Meu Deus! — exclamou o rapaz. — Será que estamos num museu?

Natércia mordeu o nó do dedo.

— O que aconteceu conosco, Jenner? — perguntou apavorada. — Estávamos em nosso apartamento, em São Paulo, conversando com o escritor e...

Jenner tornou a dar uma olhada no jornal:

— Este jornal é de sábado passado, porque estávamos no dia 25 de agosto. Isto é, *lá*. Aqui... parece que viemos parar nos Estados Unidos, começo do século, não acha?

— Que brincadeira! Nem se estivéssemos lendo Júlio Verne para dizer uma besteira dessas! — respondeu Natércia.

Jenner foi até a janela. Lá fora o cenário era mesmo de uma rua nova-iorquina no começo da segunda década do século. Os postes de iluminação eram diferentes; passou uma carruagem, os homens usavam fraque e cartola, as mulheres desfilavam com chapéus coloridos e vestidos até os pés. Jenner ficou atrapalhado; Natércia começou a choramingar.

— Nada de pânico, Natércia! — recomendou ele segurando-lhe a mão. — Vamos reconhecer o terreno, isto é, examinar a casa.

Os móveis eram escuros e torneados. A sala parecia a de um castelo: lustres, cristais, pratarias. Dali, para a cozinha: espaçosa, fogão a lenha, panelas de cobre, mesas compridas. Depois, por uma escada que levava aos quartos: camas de dossel, guarda-roupas compridos, sinistros, chão atapetado. Não havia absolutamente mais ninguém naquela casa.

Em uma escrivaninha no quarto de casal havia um envelope. Natércia pegou-o e leu:

— Sr. e Srª Lewis Milestone. *Nós*?

Jenner não soube o que responder.

— Isto é uma loucura total! — declarou Natércia pondo as mãos na cabeça. — Por acaso estamos sonhando?

Como foi que, de um momento para outro, viemos parar em Nova York, no ano de 1914? Incrível! Eu quero voltar para casa!

— Calma, nós vamos voltar! Mas não adianta ficar nervosa que só piora. Precisamos encontrar um jeito de fugir daqui.

— Daqui ou *desta época*?

— Pois é! Você já viu alguém fugir de épocas?

— Em livros de história basta você encontrar a máquina do tempo — respondeu Natércia com expressão de desânimo.

— Bem, se for assim, o que temos a fazer é sair atrás da tal máquina. Isto é, *se* foi ela que nos trouxe para cá. E, pelo que já vimos, ela não está nesta mansão...

— Aonde vamos?

— Por aí, sei lá!

Aqueles momentos pareciam uma verdadeira loucura!

— Só que não podemos sair com estas roupas — disse Jenner olhando para o traje que usava. — Já pensou no que os moralistas vão dizer se me virem de camiseta e você de calças compridas? Não se esqueça de que estamos no *antigamente*!

O jeito, então, foi revirar os guarda-roupas. Ao abrir um deles, Natércia estranhou:

— Só três vestidos, Jenner...

— E duas roupas de homem — informou ele abrindo a outra metade.

— Não entendo como alguém tão rico, vivendo numa casa assim, tenha tão pouca roupa!

— Pode ser que eles tenham ido viajar e levaram tudo. Ou quase tudo.

Dali a pouco, estavam prontos. Natércia usava uma longa saia justa grená, blusa cor-de-rosa de mangas bufantes, casaquinho acinturado, botinhas de salto médio e colar de pérolas. Nas mãos, uma bolsa e um chapéu de abas longas com véus esvoaçantes, flores de pano e um cacho de uva roxa pendente.

— Que tal? — perguntou colocando o chapéu.

— Com esse cacho de uva pendurado, você está a própria Cármen Miranda nos antigos filmes da Fox!

— E você, com essa manta, esse bonezinho e o cachimbo, copiou Sherlock Holmes de algum filme inglês. Ria, se quiser!

Nisso, o cacho de uva que estava jogado para cima caiu, quase acertando o nariz de Natércia. Ela o empurrou para cima. O cacho voltou a cair. Natércia ficou zangada:

— Droga de uva dura que parece de pedra! — e mais uma vez empurrou o cacho para cima. — Me sinto ridícula, com cara de fruteira!

— Vamos, Srª Milestone? — convidou o marido oferecendo o braço.

— Vamos, Sr. Milestone.

Desceram.

três

SAINDO pela porta principal, Natércia atravessou o jardim e, abrindo o portãozinho de madeira, viu-se na rua. Ali era um bairro rico. A imponente casa vizinha tinha uma cerca viva florida protegendo o jardim cheio de cravos. Natércia espiava por entre as folhas, quando escutou um "alôôôôô!" meloso. Atrapalhada, notou que ele vinha do portão daquela casa.

— Olá, querida! — cumprimentou uma velha de preto com babadinhos brancos no pescoço e nos punhos.

A velha usava o cabelo aloirado repartido, cachinhos em cima das orelhas e oclinhos redondos. Natércia sorriu e procurou manter a calma.

— Olá!

— Venha cá! — pediu a senhora. — Não me conhece mais, *my dear*?

"Tomara que o Jenner saia logo e me tire desta!", pensou Natércia se aproximando. "O que aquele peste ficou fazendo lá dentro?"

A desconhecida segurou-lhe a mão e franziu a testa:

— Você está um pouco diferente, meu bem! O que aconteceu?

Com o rabo dos olhos, Natércia viu uma placa dourada fixa no pilar do portão. Estava escrito: "Dr. Andrew Meadow". Aquela só poderia ser a Srª Meadow. Natércia respirou aliviada.

— Diferente? — e, sem perceber, estava falando inglês sem sotaque. — Bem, não sei por quê. Eu...

De repente, a mulher levou as mãos à boca e ficou horrorizada:

— Seus cabelos, Srª Milestone!

— Meus cabelos? O que têm eles?

— Você os tingiu de castanho? Horrível! Na festa você parecia um anjo da Renascença! Tão lindos os seus cabelos loiros! — e apertou os olhos para ver melhor.

Aí, o choque da mulher de preto foi ainda maior:

— Cortou-os iguais aos de homem? Deus, é imperdoável e escandaloso! Mas aposto que foi *ele*, não foi?

Atrapalhada com tantas perguntas, Natércia não sabia o que responder. Por isso, gaguejou.

— Liberdade, minha filha! — observou a senhora com o dedo erguido. — Nós, mulheres, não somos propriedade dos homens! Se ele mandar, resista! Eu sempre *o* considerei um brutamontes! Seu marido, quero dizer. O meu? Um santo! Nunca abriu a boca até morrer. Sim, sou uma feminista emancipada. Por isso que digo: *li-ber-da-de*! Chega de escravização! Volte a tingir os seus cabelos de loiro, pois lhe fica muito melhor!

— Obrigada, eu...

— E a festa, como foi?

— A festa? Oh, a festa foi... festiva!

— Eu não diria isso. Achei que teve um triste fim. Dizer que foi festiva, só mesmo não tendo coração. Pobre rajá!

— Rajá? — a essa altura Natércia já estava quase gritando publicamente por socorro. Por que Jenner demorava tanto?

— O que você achou do rajá, minha filha?

— Bem... Eu? O rajá me parece um homem tão... forte!

— Forte? Meu bem, você está mesmo confusa! Depois do acontecido, o infeliz nem parava em pé! Desaforo! Espero que o incidente não provoque um atrito internacional, talvez até uma guerra entre a Índia e os Estados Unidos, *my God*! Em sua próxima festinha, tenha mais cuidado com quem convidar. Senão, também acabará como essa festa acabou. Espero que eles não tenham importunado muito você, porque...

Naquele momento, Jenner se aproximou. Ao vê-lo, a mulher de preto estremeceu, empalideceu, fechou a cara e cortou a conversa:

— Até logo, Srª Milestone! De repente, o ar ficou irrespirável! E lembre-se: faça seus cabelos loiros outra vez. Abaixo o imperialismo machista!

Entrou e bateu com o portãozinho.

Imediatamente, Jenner agarrou a esposa pelo braço e andaram depressa até a esquina.

— Sr. Milestone do céu! — gemeu Natércia perplexa. — Eu tenho uma admiradora e você uma grande inimiga! Se quiser ficar sabendo mais, até outro dia eu era loira como um anjo. Por ordens suas é que estou morena de cabelos curtos. E mais: *nós*, ao que parece, demos uma festinha. Um dos convidados era um rajá e deve ter acontecido alguma coisa muito grave que talvez até provoque um incidente internacional. Não me pergunte mais nada porque a Sr[a] Meadow não teve tempo de contar. Como vê, mal chegamos aqui, já estão querendo as nossas cabeças. Não é maravilhoso?

Jenner não respondeu. Um moleque passou a toda de bicicleta e, buzinando atrás deles, deu-lhes um grande susto.

quatro

COM UMA corridinha, eles chegaram à calçada do lado de lá. Natércia estava branca, o cacho de uva pendia quase lhe encostando no nariz; empurrou o cacho para cima com um tapa e fez cara de choro:

— Jenner, eu quero ir embora pra caaaaaasa!

— Querida, não apronte um escândalo aqui e agora. As pessoas estão nos observando!

— As pessoas que vão para o inferno! Esta não é a minha terra nem o meu tempo! — fungou ela. — Quando eu era menina, vivia lendo livros de aventuras, sonhava entrar na máquina do tempo e conhecer lugares no passado. Mas agora que estou aqui, só quero sair. Horrível!

Jenner secou-lhe os olhos e continuaram a caminhar. Realmente, a situação era difícil, porém, para sair dela, tinham de dar um jeito e de saber coisas. Uma delas era inteirar-se do que havia acontecido nos dias anteriores com *eles*, isto é, com os Milestones, pessoas de quem nunca tinham ouvido falar, mas de cujas vidas precisavam urgentemente conhecer maiores detalhes.

Andaram que andaram, até que passaram em frente a uma tipografia.

— Espere um pouco aqui — pediu Jenner. — Vou lá dentro conversar.

— Conversar o que e com quem?

— Com o tipógrafo. Eles sempre estão a par das últimas notícias. Pode ser que nos informe algo sobre os Milestones.

— Rapidinho, hein? Não quero ficar sozinha *neste tempo*. Em todos os livros de suspense, é só o *mocinho* virar as costas que a *mocinha* sempre se sai mal!

— Sim, Natércia, mas não se esqueça de que agora é realidade, não livro!

E entrou.

Natércia se pôs a olhar uma vitrina de modas da casa ao lado da tipografia. Os manequins usavam saias rodadas, lindos vestidos, flores, luvas, chapéus e joias. Parecia um baile a rigor do tempo da avó dela.

Continuava ainda namorando os vestidos, quando sentiu um empurrão. Enquanto era jogada contra a parede, alguém ergueu a mão tentando agarrar-lhe o chapéu. Entretanto, por ato reflexo, Natércia desviou a cabeça, a mão passou e só conseguiu rasgar-lhe o véu. Não deu tempo de Natércia pensar, a mão voltou mais uma vez em nova tentativa. Mas, já refeita do impacto, Natércia não pensou duas vezes e começou a dar bolsadas na agressora. Sim, era uma mulher. Não deu para ver-lhe o rosto porque ela usava um lenço que lhe cobria a cabeça e estava amarrado debaixo do pescoço. Além disso, agia com rapidez, era esperta e forte. A mulher, então, agarrou Natércia pelo pescoço. Louca de raiva, Natércia segurou-a pela blusa com tanta força que lhe arrancou o bolsinho.

— Me solta! — gritou Natércia acertando um pontapé na canela da outra. — Bandida!

Ajuntou gente. Uns tentavam contê-las, outros atiçavam ainda mais. Afinal, uma briga de mulheres em uma das principais ruas de Nova York naquele tempo era o escândalo do século!

Foi aí que Jenner saiu da tipografia e correu até a esposa. O grupinho que assistia à cena não queria deixá-lo apartar as briguentas. Ele começou a dar sopapos, mas um americano sardento não gostou e pregou-lhe um murro no nariz. Jenner rodopiou, caiu e, levantando-se como um touro bravo, tacou a mão na cara do agressor. Pancadaria geral! As duas mulheres no meio da rodinha e os marmanjos se sopapeando ao redor.

Foi nesse momento que, de pernas tortas e chapéu-coco, apareceu um guarda na esquina. Ele botou o apito na boca e soprou. Só que ninguém obedeceu. O americano sardento já estava nocauteado dentro da vitrina (quebrada, lógico!) com um chapéu de plumas verdes na cabeça. Manequins voavam em todas as direções, enquanto o dono da loja sapateava gritando:

— Polícia, *help*! *Help*, polícia! Vendo que apito não resolvia, o policial desceu o cassetete, ordenou, mandou, ameaçou. Nada! A briguinha estava ótima!

Porém, a polícia americana daquele tempo já possuía fama de eficiente; na esquina apareceu uma viatura negra puxada por cavalos velozes. Era o tático móvel da época.

Apearam policiais que pareciam marimbondos e, com isso, conseguiram separar os briguentos.

— Prendam esses arruaceiros! — chorava o proprietário da loja destruída a torcer um lenço de seda. — Eles acabaram com a minha loja! Estou falido!

Os policiais, então, tiraram algemas do bolso e começaram a trancar uma porção de gente. Quando chegou a vez de Jenner e Natércia, estes deram um passo para trás:

— Ei, o senhor deve prender a *ela* que começou tudo! Não a nós que não temos nada com isso!

Mas onde estava a mulher que havia começado toda aquela confusão?

cinco

— QUERIDA — falou Jenner pelo canto da boca para o policial não ouvir — você é capaz de dar no pé?

— Sou capaz até de sair voando! — Então, vamos pegar aquele tílburi — e apontou para um veículo estacionado, decerto esperando a freguesa que devia estar na loja de roupas.

Quando as algemas se aproximaram ameaçadoras, Jenner acertou um direto no queixo do policial e disparou. Natércia ergueu a barra da saia acima dos joelhos e se mandou atrás. Mulher de perna de fora naquele tempo? Outro escândalo! A mulherada virou o rosto, enquanto os homens se punham a assobiar. Natércia não sabia se parava para explicar-se ou se corria ainda mais depressa.

Mergulharam como duas pedras no tílburi.

Pegando o relho, Jenner olhou embasbacado para a esposa:

— Eu não sei ligar isto!

— Me dá essa droga! — falou ela tomando-lhe o relho e dando um golpe na anca do animal.

Pra quê?! O bicho relinchou, empinou o corpo para trás, quase virou o carrinho e depois disparou como um foguete.

— Sempre detestei corridas de cavalo... — observou Natércia endireitando o cacho de uvas — principalmente nesta situação!

O cavalo corria que parecia movido a jato. Atrás, dlém, dlém, dlém, a escura viatura policial que mais parecia um coche fúnebre.

— Você tem uma boca! — falou Jenner pegando as rédeas (o que não adiantava porque o cavalo ia para onde bem queria). — Acabou de dizer que é só as *mocinhas* ficarem sozinhas para dar complicação... e deu!

— Trabalho numa editora e todos os livros sempre repetem a mesma situação, eu lhe disse!

— Por que você resolveu brigar com aquela mulher?

— Eu que briguei??? — e Natércia quase se despencou do tílburi. É que a roda acabava de passar em cima de uma lata de lixo. Com isso, os dois foram projetados para cima e depois desceram. Natércia endireitou o chapéu e segurou o cacho de uva para cima.
— Ela que começou, me agrediu, me puxou o chapéu, me bateu, me socou! Ou será que você está pensando que eu sou a *bandidona* da história, Jenner?

— Está bem, este não é o melhor momento para uma discussão. Agora, o que vamos fazer?

— Acho que enquanto *aquilo* estiver correndo atrás de nós, devemos continuar correndo na frente deles — respondeu Natércia. — A não ser que você queira ir para o xadrez. Eu não quero!

A viatura da polícia se aproximava como uma bala. Dlém, dlém, dlém, ora entortava para a direita, ora para a esquerda.

— Uma coisa é certa — observou Natércia pensativa — estamos metidos numa bela encrenca sem saber por quê. E agora que a polícia nos quer agarrar, nem à polícia podemos pedir ajuda!

— Por que será que aquela mulher atacou você?

— Desculpe, querido, mas não deu tempo de perguntar.

— Será que ela queria roubar a sua bolsa?

— A bolsa estava embaixo, na mão. Ela deve ter muito má pontaria, porque foi direto para o chapéu.

— Que esquisito!

— Vai ver é uma cleptomaníaca chapeleira, sei lá. A verdade é que estamos aqui sendo alguém que não sabemos quem. Também demos uma festinha à qual compareceu um famoso rajá. Agora, acabo de ser envolvida num sururu grosso, e a polícia nos persegue como se fôssemos apaches no tempo das diligências. É dose!

De repente, o cavalo desembestou direto na direção de um grupinho que conversava tranquilamente na calçada. Natércia e Jenner até fecharam os olhos.

Quando os abriram de novo, mal viram pessoas espirrando em todas as direções. Como doido, o cavalo entrou pela vitrina de uma padaria para sair do outro lado do quarteirão. A polícia, dlém, dlém, dlém, atrás. Só que os policiais — todos — estavam sem o chapéu, e a viatura sem a capota.

Natércia empalideceu:

— Agora, sim, estamos fritos! Você descobriu alguma coisa na tipografia?

— Que o casal Milestone se mudou para aquela mansão há três meses. São pouco conhecidos, gente estranha que quase não sai e faz poucos relacionamentos.

— E a festa?

— Sim, deram uma. Especial para homenagear o rajá de Ranchipur. Muita gente importante foi convidada. Dizem que os diamantes do rajá brilhavam mais do que lantejoulas de sambista em desfile de avenida...

— E daí?

— Daí, não deu para eu saber mais porque você começou a gritar e eu tive de sair para ver o que estava acontecendo.

— Ora, eu...

Dlém, dlém, dlém, a viatura quase os estava alcançando, os guardas brandiam os cassetetes ameaçadores.

Natércia se encolheu toda. Será que eles conseguiriam escapar?

seis

PARA NÃO colidir com uma pilha de mais de vinte caixas, o cavalo derivou para a esquerda e entrou num beco. A viatura policial, porém, não foi capaz de fazer a curva e arremeteu-se contra as caixas.

Quando o barulhão de latas e policiais despencando cessou, a viatura estava espatifada contra um muro.

Jenner pôde, então, puxar as rédeas, e o cavalo parou.

— Melhor darmos o fora daqui o mais depressa possível — falou Natércia apeando com as pernas bambas.

E foi o que fizeram.

— Estas roupas me matam! — queixou-se Jenner, pouco depois, quando eles novamente estavam andando sossegados pelas ruas nova-iorquinas.

— Vamos nos esquecer do calor e tratar de arranjar um jeito de sair *deste tempo* — sugeriu Natércia.

— Tem alguma sugestão de por onde devamos começar?

— Acho que a primeira coisa a fazer é sabermos mais a respeito da festa que os Milestones deram.

— Boa ideia. Vamos procurar um lugar onde vendam jornais velhos.

Caminharam que caminharam, até que chegaram a um sebo. Entraram por um comprido corredor escuro. Lá no fundo, atrás do balcão, estava o vendedor careca em mangas de camisa. Era míope, pois tinha os olhos espremidos e fazia força para enxergar. Jenner perguntou sobre números atrasados de jornais e, com jeito de quem não quer nada, mencionou a festa dos Milestones. Bastou para o vendedor dar uma risadinha de gozação:

— A festa do depenamento do rajá?

— Depenamento?

— Em viagem política de estreitamento da amizade indo-norte-americana, o rajá Karim-Sabá foi convidado pelo casal Milestone para uma recepção diplomática na mansão da Magnólia Street. E ali, misteriosamente, os diamantes do rajá foram sur-ri-pi-a-dos!

— Roubo? — disseram os dois com expressão apalermada.

— Terminada a festa, encontraram o rajá amordaçado no banheiro. As joias tinham simplesmente evaporado! O pior é que elas pertenciam a um templo indiano. Vocês sabem, aqueles costumes deles, os diamantes sagrados precisam voltar ao templo ou então, acreditam eles, cairá uma grande desgraça sobre o país. O resultado de tudo isso é que o rajá baixou ao hospital, e a polícia nova-iorquina está doida atrás dos ladrões.

— E existem suspeitos?

— O casal Milestone, lógico!

Ouvindo aquilo, Natércia se engasgou. Só então os dois compreenderam em que tipo de encrenca estavam metidos: procurados como os ladrões dos sagrados diamantes de um rajá de quem nunca tinham ouvido falar!

Percebendo que o vendedor não os havia reconhecido, Jenner ainda perguntou:

— E... onde está o casal Milestone, agora?

— Quem é que sabe? Depois de terem sido ouvidos na polícia, desapareceram como se a terra os tivesse engolido. A acusação contra os Milestones não é formal, entendem? Eles são apenas os *maiores* suspeitos. Estou dizendo isto confidencialmente, mas, para mim, foram eles, sim, que depenaram o rajá! Aliás, o que está deixando o inspetor MacDonald de orelha em pé é o misterioso desaparecimento do casal...

— Obrigado! — agradeceu Jenner pigarreando. — Quero alguns jornais que tenham noticiado o roubo. Sabe, gostaria de conhecer melhor os detalhes de tudo.

— O senhor é detetive particular?

— Não, por quê?

— Com essa roupa...

Enquanto o vendedor sossegadamente pegava os exemplares, Jenner olhou para Natércia e viu que a testa dela estava porejada de suor.

De aflição, claro.

Novamente na rua, Natércia empurrou o cacho de uva para cima e enrolou apertado os véus tentando prender o tal cacho.

— Jenner, se os Milestones estão sendo procurados, e se *nós* estamos sendo os Milestones... eles estão à *nossa* procura! Você não acha que devemos nos livrar destas roupas imediatamente?

— Boa ideia, meu bem! Mas onde vamos trocá-las? Se entrarmos em alguma loja, poderemos ser reconhecidos ainda mais facilmente. E daí?

Aflita, Natércia olhou em volta, até que apontou:

— Lá!

Em uma placa estava escrito "Museu de Cera Peter Hammer". Atravessaram correndo a rua e pararam diante de uma bilheteria. Abrindo a bolsa, a Srª Milestone tirou um dólar e comprou ingressos.

Entraram. O museu era uma grande sala com vários compartimentos. Naquela hora, havia poucas pessoas em visita. As figuras em cera, de tamanho natural, eram tão perfeitas que até pareciam vivas. Havia cenas com reis e rainhas famosos, personagens do mundo infantil — a Bela Adormecida que respirava —, personagens históricas, cientistas, pintores, escritores. Aflita, Natércia olhava uma por uma. Até que, afinal, parou diante de Mark Twain e esposa.

— Eis o nosso casal! — declarou vitoriosa.

— Não estou entendendo!

— Nem precisa! — respondeu ela começando a desabotoar o casaquinho.

Minutos depois, Jenner saía de terno branco e Natércia de azul-marinho. Enquanto isso, no museu, tinha ficado Mark Twain com roupa de Sherlock... e a Sr[a] Twain, de grená, levava na cabeça o chapeuzinho com o maldito cacho de uva.

sete

ENTRANDO num bar, pediram café.

— Muito bem — disse Natércia, enquanto Jenner dava uma olhada num dos jornais. — Agora que mudamos de roupa, precisamos de novas identidades. Já tenho um nome para você.

— Diga.

— Professor Tangerino. Gostou?

— Só se você topar ser a Sr[a] Tangerina!

— Seremos o Professor Tangerino e senhora que vieram do Brasil para passar férias em Nova York. Será que cola?

— Podemos experimentar. Se não der certo, passaremos a ser fazendeiros brasileiros. Afinal, os americanos acham que no Brasil só existem agricultores. Professores? Dificilmente!

De repente, eles encontraram uma notícia, que leram juntos:

ROUBADOS OS DIAMANTES
SAGRADOS DO RAJÁ KARIM-SABÁ

Por volta da meia-noite do dia 20 de agosto do corrente, na residência do Sr. e Srª Milestone, foram roubados os diamantes do rajá Karim-Sabá. O rajá, que era recepcionado por altas autoridades do governo, foi encontrado amordaçado no banheiro da residência da Magnólia Street. Segundo declarações da vítima, assaltou-o um vulto encapuzado cujo rosto não pôde reconhecer. Ouvido na delegacia, o casal Milestone mostrou-se bastante chocado, sendo que a Srª Milestone precisou de imediata assistência médica devido ao seu *estado de forte emoção. Os diamantes desaparecidos são sagrados, pois pertencem ao templo de Ranchipur. A polícia continua investigando o misterioso desaparecimento, pois o furto poderá estremecer as relações diplomáticas entre Índia e Estados Unidos.*

— Meu Deus! — murmurou Natércia arregalando os olhos. — Estamos atolados até o pescoço!

Jenner abriu outro jornal. Lá estava a fotografia do casal Milestone. Quando a viram, os dois ficaram paralisados:

— A NOSSA CARA!!!!

Sim, eles mesmos. Cópia dos dois e nas roupas que, momentos atrás, tinham trocado com as figuras de cera!

— Co-como foi que o vendedor do sebo não nos reconheceu? — perguntou Natércia, já quase sem voz.

— Ele era meio cego.

— E agora, Jenner? A roupa, nós mudamos; mas a cara... não podemos mudar!

Naquele instante, o garção trouxe a bebida. Natércia cobriu o rosto com um guardanapo e Jenner disfarçou afundando-se atrás do jornal. Depois que ele se foi, os dois olharam para a xícara de café fumegante, mas nem tiveram coragem de tomar. Ficaram um tempão em silêncio. De repente, Natércia olhou para o marido:

— Jenner, estou encucada com uma coisa! Se o jornal diz que *nós* desaparecemos, por que a Sr.ª Meadow, a tal de preto e de cachinhos, não ficou surpresa quando nos viu, ao sairmos de casa?

— Não sei, você quem conversou com ela!... Aliás, quando me viu, ela bateu o portãozinho na nossa cara. O que ela falou para você?

— Bobagens. Não gostou do meu cabelo curto e moreno, que achou que eu o tinha tingido. Conclusão: a Sr.ª Milestone é loira de cabelos compridos. Também se mostrou muito apiedada pelo pobre rajá. Não deu nenhuma informação extra que já não saibamos.

Continuaram silenciosos por mais algum tempo. O café esfriou na xícara.

— E agora?

— Precisamos disfarçar as nossas caras. Se eu tivesse trazido os meus cosméticos...

— O que você precisa para maquilagem?

— Pelo menos um lápis que risque forte. Com ele, eu poderia modificar alguns traços, alterando a expressão do rosto. Mas onde vamos encontrar lápis para pintar bigode, aqui?

De repente, Jenner ergueu o dedo e fez um arzinho de mistério.

— Garção! — chamou.

O garção veio e, mais uma vez, Natércia cobriu o rosto com o guardanapo.

— Uma rolha e fósforo, por favor! — pediu Jenner.

O garção fez cara de ponto de interrogação, mas virou as costas e foi providenciar. Natércia continuava com o guardanapo no rosto quando ele voltou com o pedido.

— Como vê, querida — disse Jenner com ar ainda mais misterioso — valeu a pena eu também ter lido romances policiais quando era garoto. Agora, venha comigo.

— Aonde vamos?

— Ao toalete!

oito

COMO NINGUÉM estava observando, os dois entraram no toalete masculino e trancaram a porta.

Ali, Jenner pôs fogo na rolha que, queimada, serviu para riscar igual a lápis. Rapidamente, Natércia engrossou a sobrancelha dos dois, sulcou as linhas das abas do nariz, a testa e escureceu ao redor dos olhos.

— Ainda bem que eu brincava de teatro no meu tempo de estudante! — disse ela ao terminar a obra de arte.

Quando saíram do toalete, eram outro casal. Até caminhavam meio encurvados para dar maior realismo à cena...

Mais à vontade, eles resolveram voltar à mansão onde tudo havia começado, porque talvez conseguissem encontrar novas pistas lá. Natércia resolveu tentar conversar com a Sr.ª Meadow, que possivelmente poderia despejar-lhe informações extras. Mas, por mais que batessem à porta da casa dela, ninguém aparecia.

Ainda continuavam lá, quando passou uma mocinha:

— Não adianta bater — informou ela. — A casa está fechada há mais de ano. Não mora ninguém aí.

— E a Sr.ª Meadow?

— Morreu há vários meses...

"Jesus, será que andei conversando com um fantasma?", pensou Natércia sentindo um calafrio. Mal teve forças para perguntar:

— Como era ela?

— Gorda, baixa, risonha. Gostava de usar cachinhos em cima das orelhas, parecendo um *poodle*. Vivia de preto com babadinhos de renda branca nos punhos e na gola.

"Então, eu *conversei* com a falecida!", concluiu Natércia se agarrando ao marido para não cair.

— Depois do enterro fecharam a casa e ninguém nunca mais entrou aí — ajuntou a garota.

— E os Milestones? — arriscou Jenner.

— Gente esquisita. Mudaram para essa casa faz uns três meses, acho. Pessoas de nariz para cima, metidas a esnobes. Deram uma festa para um tal rajá que foi roubado, e o retrato deles saiu no jornal. Não viram? Estão sendo procurados pela polícia no país inteiro como os maiores suspeitos.

Natércia sentiu cócegas no rosto. O suor borrava-lhe a sombra de rolha queimada.

— Mas, por qual motivo eles teriam roubado o rajá? — perguntou Jenner. — Os Milestones não eram ricos?

— No começo todo o mundo pensava que eram ricos, porque davam a impressão de ser. Essa casa, igual à do Dr. Meadow, estava fechada fazia tempo e aí os Milestones a alugaram com móveis e tudo. Agora, todo o mundo está dizendo que alugaram a casa e se fingiram de ricos só para dar o golpe dos diamantes. Por isso é que fugiram.

— Querido, vamos indo? — pediu Natércia procurando esconder o rosto borrado.

— Quem é o dono dessa mansão?

— Um tal de Jerry Goldsmith, um velho podre de rico e muito avarento.

— Onde ele mora?

— Na 25th Street. Numa casa toda vermelha. O pessoal caçoa dizendo que parece a sede do corpo de bombeiros. Não têm o que errar.

— Obrigado!

— Ei, por que vocês estavam procurando a viúva Meadow?

— Alguém nos disse que ela queria fazer uma doação para um orfanato. Brincadeirinha, deve ter sido! Se a viúva morreu há tanto tempo...

A menina encolheu os ombros e saiu pulando para logo desaparecer no meio da multidão.

nove

— ME DÁ O LENÇO — pediu Natércia assim que a menina desapareceu.

— Para quê?

— Para limpar esta coisa do rosto. Limpe o seu também.

— Uai, por quê? Levamos tanto tempo para nos maquilar...

— Seu tonto, não vê que a menina desconfiou? O jeito que ela olhava... Ainda deu uma... paradinha lá na esquina e olhou para trás!

— Besteira, Natércia!

— Besteira? Sou capaz de jurar que ela foi correndo dedar a gente na polícia. Ah, essas crianças de hoje!

— Esta não é de hoje, é de ontem. Lembre-se de que estamos em 1914.

— Pelo sim, pelo não, vamos andar de cara limpa antes que a polícia nos pegue disfarçados. Aí, sim, que vão dobrar as suspeitas.

Pouco depois, tomaram um tílburi e dirigiram-se à 25th Street. Realmente, a casa vermelha ficava naquela rua. Tinha telhado bicudo e jardim gramado, sem flores. Jenner tocou a campainha. Depois do terceiro toque, apareceu um homem de meia-idade, sobrancelhas grossas e cara de quem havia se levantado naquele instante.

— Precisamos conversar com o Sr. Jerry Goldsmith — disse Jenner.

— Quem é o senhor? — perguntou mal-humorado o homem.

— Professor Tangerino e senhora, chegados do Brasil.

— Brasil? Onde fica isso?

— Fica na Argentina, a capital é Buenos Aires, é a terra de lindas *muchachas*, além de índios e jacarés tomando sol em Copacabana — declarou Natércia irritada. — Não é assim que os americanos sempre veem o Brasil?

— Precisamos conversar com o Sr. Goldsmith — apartou Jenner antes que Natércia provocasse outro atrito internacional ali.

— Infelizmente, não é possível.

— Por quê?

— Porque o Sr. Goldsmith viajou para fugir do verão. Ele detesta o calor. É alérgico.

— Oh, que pena! — murmurou Natércia. — Viemos de tão longe para conversar com primo Jerry!

Jenner olhou espantado. Com a maior cara de pau, Natércia continuou muito séria. O homem coçou a cabeça:

— Primo, é?

— É uma longa história, não dá pra fazer uma sinopse agora, bom homem. Mas talvez você possa nos dar algumas informações sobre a casa 448 que ele possui lá na Magnólia Street... A história dela, pode ser?

— A mansão onde viveram os Ruthford? Oh, sim, eles a venderam para o patrão com móveis e tudo. A mansão ficou fechada por quase um ano, até que apareceu aquela loirinha querendo alugá-la.

— Loirinha?

— Muito bonita, por sinal! Ela quem conversou com o Sr. Goldsmith.

— Lembra o nome dela? — arriscou Jenner.

— Esqueci, senhor. Sabe, minha memória anda muito falha, ultimamente...

"Esse desgraçado quer ser engraxado!", pensou Jenner. Natércia compreendeu. Por sorte, na bolsa havia dólares, e ela passou uma nota no nariz do empregado. Ele sorriu, esticou os dedos e rapidamente enfiou a nota no bolso.

— Acabo de me lembrar do nome dela. É Lola-Lola. Trabalha numa casa de diversões chamada Frankfurt. Disse que é alemã, mas não tem sotaque. Pra mim é americana mesmo.

— Obrigada, bom homem! — agradeceu Natércia. — Quando primo Jerry voltar, diga-lhe que os parentes do Brasil, cuja capital *era* o Rio de Janeiro, esperam que ele os vá visitar algum dia. E a propósito, avise-o de que lá falamos o português e não o espanhol, está bem?

Jenner precisou puxar a esposa antes que ela começasse a dar uma aula de geografia ali mesmo.

dez

DALI, SAÍRAM em direção à casa de diversões, um lugar grã-fino que ficava bem longe.

— Muito bem — declarou Natércia ao apearem do coche. — Você fica aqui fora de vigia que eu vou lá dentro dar uma boa olhada.

— Ficou maluca? Isso aí não é lugar para senhoras!

— Jenner, querido, não se deixe contagiar por esta época que não é a nossa, que coisa! Vou entrar com minha vocação teatral, porque uma mulher sempre consegue informações mais fácil do que um homem. Se eu não aparecer em quinze minutos, pode entrar com um canhão aceso!

Jenner ainda tentou contestar, mas àquela altura Natércia já havia atravessado a porta para entrar no Frankfurt.

O *barman*, de costas, estava lustrando copos (nos filmes eles estão sempre lustrando copos, não estão?). Quando ele olhou, viu, arregalou os olhos, deixou cair o copo e exclamou:

— Millie!

Natércia até olhou de lado para ver se havia outra pessoa. Não havia. O *Millie* devia ser para ela mesma. Então, aproximou-se com um sorriso. O homem deu um passo para trás. Os lábios tremiam.

— Vá embora! — disse cobrindo o rosto.

— Oi, Sam!

— Meu nome é Jack. Vá embora! Você é um fantasma!

— Que nada, meu bem, sou gente de carne e osso. Veja… — e pegou um caco do copo para provar.

Com o olhar fixo, Jack foi parando de tremer. Beiço caído e olhar assombrado.

— Não quer passar o dedo em mim para ter certeza de que não sou transparente?

Ele passou. Com isso, a expressão de medo se transformou em zanga.

— Então, que brincadeira boba foi aquela?

— Qual brincadeira, Jack?

— A do Pérez.

— Desculpe, Jack, mas não estou entendendo! Qual foi a brincadeira do Pérez?

— Ele me contou que você estava… no fundo do rio Hudson!

— Fazendo o que lá? Detesto nadar em rios!

— Não, Millie! — e Jack passou o indicador no pescoço: — Zás! Enterrada. Isto é, afogada!

— Ui! — e Natércia deu um passo para trás. — Me mataram?

— Pérez disse que sim.

— E quem me matou?

— Isso ele não disse.

— E por que me mataram?

— Ele também não disse.

— Diabos, fui assassinada e nem sei o motivo. Triste, Jack, muito triste! Me dá uma bebida.

— O quê?

— Deixe de gracinhas! O de sempre...

Então, Jack serviu água. Ela tomou. Depois perguntou:

— Onde está Pérez?

— Sei lá! Desde aquela noite em que me contou que você estava no fundo do rio, encheu a cara, foi embora e nunca mais apareceu.

— Quando foi isso?

— Na noite do dia 21. Melhor: na madrugada.

— E Lola-Lola?

— Que que tem?

— Cadê ela?

— Lá com a mãe dela, na casa do cais do rio Hudson.

— Sabe o número da casa?

— Eu não, você que sabe, Millie!

— Sei!?

— Não lembra que morou lá três meses?

— Oh, sim... Minha cabeça...

— Millie, por favor, não vá lá. Afaste-se daquela gente! Eles não prestam, você sabe disso!

— Também sei?

— Claro, Millie! Não foi você mesma quem me contou que são dois vigaristas procurados pela polícia? Eles mataram uns caras em São Francisco para roubar. Aí, eles fugiram para cá e alugaram a casa do cais. Cuidado, Millie, eles são capazes de tudo!

— Obrigada, Jack, terei o maior cuidado e prometo que não acabarei no fundo do rio Hudson. Um beijo nessas bochechas vermelhas. Adeus!

E saiu apressada enquanto Jack voltava a lustrar os copos.

onze

DEPOIS QUE Natércia contou tudo a Jenner, ele ficou de boca aberta:

— Quer dizer que *você* foi assassinada por um motivo desconhecido e, neste momento, está no fundo do rio Hudson?

— Estou. Quero dizer, a verdadeira Millie deve estar.

— Para complicar o roubo dos diamantes, agora ajunta-se uma morte! Natércia, você sabe que nos Estados Unidos existe pena de morte para certos crimes?

— Não pretendo me assar numa cadeira elétrica por causa da minha própria morte — declarou ela. — Se quisermos ir embora para casa, temos de continuar procurando um caminho. Que tal visitarmos o rajá no hospital?

— Péssima ideia! Ele nos reconheceria. Melhor voltarmos à mansão na Magnólia Street.

— Para os vizinhos nos reconhecerem e darem o alarma?

— Foi lá que tudo começou e talvez lá encontremos uma saída. Lembre-se: quando saímos da mansão, não sabíamos de tudo o que estava *nos* acontecendo. Acho que devemos examinar bem a cena do crime.

— O criminoso sempre volta ao lugar do crime! — suspirou Natércia.

— Só que isto não serve para nós. A não ser que *você*, Millie, tenha... Ei, espere aí! Você acaba de me dar uma ótima ideia! Millie pode mesmo ter ido para o fundo do rio porque *alguém* quis se livrar dela. Quem?

— Um sócio?

— Espere... Foi Lola-Lola quem alugou a mansão da Magnólia Street, não Millie.

— E daí? Millie poderia ter ajudado, não poderia?

— Com mais um sócio, então seria... um trio? Um é pouco, dois é bom, três é demais. Daí, a pobre Millie foi parar no fundo do rio!

— Isso! — declarou Natércia. — Millie e Pérez, fantasiados de Sr. e Srª Milestone, alugaram a casa, fingiram-se de ricos, deram uma festa, convidaram o rajá, depenaram o coitadinho e deram no pé, ricos pelo resto da vida! Boa ideia, Jenner! Millie ajuda nos planos, mas Lola-Lola e Pérez afogam Millie no rio Hudson e desaparecem. Isso! Eles desaparecem como se a terra os tivesse engolido porque esse casal *nunca existiu*! Aposto que, neste exato momento, Lola-Lola e Pérez devem estar felizes da vida passando férias no Havaí!

— Nem a própria Miss Marple chegaria a deduções tão corretas, querida. Acho que você já pode até começar a escrever histórias de suspense. Vamos voltar à cena do crime?

Voltaram.

— Estou com fome — falou Natércia depois de entrarem às escondidas.

— Eu também.

— Vamos dar uma olhada. Pode ser que os *Milestones* tenham deixado alguma coisa de comer.

Encontraram ovos, queijo, manteiga, um pão duro e um resto de vinho. Natércia fez uma omelete, Jenner torrou o pão. Eles comeram sossegados.

— Pronto, Srª Tangerino?

— Pronto, professor, podemos continuar. Mary que lave os trens.

— Mary?

— A criada, lógico. James não é sempre o mordomo? Quando eles puseram os pés na sala, arrepiaram-se e arregalaram os olhos.

— Meu Deus, parece que um furacão esteve aqui dentro! — disse Natércia ao ver tudo de pernas para cima. Até a mesa.

— Alguém andou dando uma busca *depois* que nós saímos — disse Jenner. — Deve haver algo de importante escondido nesta mansão!

— Os diamantes sagrados?

— Eu adivinhei, não adivinhei, querida? — e deu-lhe um beijo no rosto. — Vamos ver se bagunçaram lá em cima também?

A reviravolta era maior ainda nos quartos. Colchão fora da cama, roupas atiradas ao acaso, livros no chão. Os dois ficaram só olhando, até que Jenner resolveu abrir o guarda-roupa para jogar longe as poucas coisas que ainda estavam lá dentro. Foi de lá que tirou um revólver. Natércia deu um pulo.

— Eles não queriam armas — disse o rapaz examinando o revólver.

— Vire esse negócio pra lá!

— Melhor guardar para caso de emergência — respondeu Jenner enfiando-o na cinta.

Natércia saiu em direção ao quarto seguinte e, dali a pouco, deu um grito:

— Jenner, corra aqui! Venha ver o que eu encontrei!

Ele saiu a toda.

doze

NO ESPELHO do quarto de solteiro estava presa uma folha com uma mensagem. A letra irregular mostrava que quem a havia escrito estava com uma raiva dos diabos.

Jenner leu em voz alta:

Mentirosa! Pérez não liquidou Millie. Eles estão vivos! Espero as joias hoje, às quinze horas, em frente do Paladino. Nada de truques! Vá com a roupa que usava hoje de manhã. Do contrário...!

— Está esquentando — disse Natércia. — Alguém me viu, hoje de manhã, com aquela bendita roupa e concluiu que Millie não morreu!

— Se o bilhete chama alguém de *mentirosa*, é sinal de que alguém mentiu ao autor do bilhete afirmando que Millie estava morta. Agora a *mentirosa* é ameaçada para levar as joias, decerto os diamantes do rajá, ao Paladino. Quem será que escreveu este bilhete?

— Só pode ter sido Pérez, não acha? Pense comigo! Jack contou que Pérez lhe disse que Millie estava no fundo do rio. Talvez Pérez não tenha visto, talvez ele tenha sido apenas informado disso. Quem o informou? Só pode ter sido Lola-Lola, a última do trio. Sabe o que estou achando? Que Lola-Lola escondeu os diamantes e passou a perna no Pérez também. Aí, quando Pérez percebeu, ficou louco da vida e veio aqui, hoje de manhã, procurar Lola-Lola, isto é, a *mentirosa*. Como não a encontrou, deixou a ameaça por escrito. Conclusão...

— Lola-Lola deve estar com os diamantes, e Pérez a estará esperando no Paladino às três da tarde!

Natércia deu outra olhada no bilhete:

— Você notou que a última frase está com letras bem diferentes?

— Frase?

— Sim, esta: "Vá com a roupa que usava hoje de manhã. Do contrário...!"

— É, é diferente mesmo! Não são letras de quem está com raiva. São letras de quem parece não saber escrever direito...

— Não sei, não... — murmurou Natércia com o dedo no queixo. — Bem, não podemos ficar aqui só conversando, não é? Hoje, às três horas, para bagunçar ainda mais o coreto, a mamãe aqui vai aparecer em frente ao Paladino com a roupinha que estava usando de manhã!

— Você endoidou? Pensa que vou deixá-la se expor assim?

— Meu marido tem músculos, cérebro e um revólver para me defender. Não crie caso, Jenner! Esta é a única oportunidade que temos para pegar todos os que estão envolvidos nesta tramoia!

— Natércia, nós não estamos aqui para resolver um crime. Estamos aqui para encontrar o caminho de volta para casa!

— E por que não podemos brincar de detetives enquanto isso? Já pensou se conseguíssemos mesmo resolver este caso? Seria uma loucura total! Eu acho que até poderia escrever um livro depois. Ora, vamos, não faça essa cara!

— Está bem, você vive lendo livros de suspense e, depois, sobra para mim! Continuemos brincando um pouco mais de cabra-cega.

Pegando um tílburi, foram até o Museu de Cera. Estava fechado. Eles bateram. Apareceu uma gorda de cara redonda como um prato.

— Podemos visitar? — perguntou Jenner.

A gorda resmungou qualquer coisa e cedeu passagem.

— Por que o museu está fechado? — perguntou Natércia.

— O Sr. Hammer teve uma crise nervosa e foi hospitalizado.

— Pobrezinho! O que aconteceu?

— Aconteceram coisas esquisitas por aqui, hoje de manhã. É que Mark Twain e a esposa, figuras de cera, trocaram sozinhos de roupa. O Sr. Hammer ficou transtornadíssimo! Ele quem fez as figuras e acreditava que eram tão perfeitas que um dia teriam vida própria. Então, hoje, segundo o Sr. Hammer, eles tiveram vida mesmo, foram à loja e trocaram de roupa. O Sr. Hammer ficou tão emocionado que começou a dizer isso a todo o mundo. Resultado: veio a carrocinha e levaram o infeliz para o manicômio. Bem, fiquem à vontade enquanto eu vou cuidar do meu filho. Ao saírem, por favor, batam a porta, sim? — e se afastou.

Como não havia ninguém por lá, foi fácil eles se destrocarem. Depois, saíram.

— Eu gostaria de ver a cara da gorda ao topar com o casal Twain destrocado... — disse Natércia ajeitando o chapéu com o cacho de uva.

Eles seguiram apressados pelas ruas movimentadas. Como não sabiam onde ficava o Paladino, tomaram uma condução.

Dali a pouco, Natércia franziu a testa e quebrou o silêncio:

— Escute, Jenner, de repente me veio uma ideia à cabeça... É uma coisa sobre a qual ainda não conversamos...

— O quê?

— Se é verdade que a Sr[a] Meadow morreu há mais de ano, com quem conversei hoje de manhã?

Ele encolheu os ombros:

— Sei lá!...

— Pois eu lhe digo: se não foi um fantasma, pode ser alguém muito ligado ao desaparecimento dos diamantes!

— Você está brincando?

— Estou? Então me diga: quem, a não ser uma pessoa muito interessada em revistar a mansão dos Milestones, estaria numa casa desabitada há mais de ano, fingindo ser a moradora dali?

treze

O PALADINO era um café em estilo oriental e tinha um toldo vermelho cobrindo a porta. Vestidos de árabe com sandália bicuda e tudo o mais, dois sujeitos barrigudos se plantavam junto a dois vasos de coqueiro-anão. Também havia uma passadeira vermelha atravessando a calçada.

— Grã-fino! — disse Natércia. — Quem marcou o encontro pelo menos tem bom gosto para escolher lugares.

— Vou ficar aqui na esquina — disse Jenner. — Qualquer coisa que saia errado, eu passo fogo!

— Pelo amor de Deus, você tem péssima pontaria! Cuidado comigo!

Em seguida, Natércia se dirigiu até o ponto marcado. Jenner encostou-se na parede e ficou atentamente vigiando.

Passaram-se quinze minutos. Fazia um calorão e Natércia, irritada, se abanava. Já estava ficando nervosa. O Sr., ou Srª X, não apareceria nunca?

Mais dez minutos. Ela já estava a ponto de desistir, quando se aproximou um automóvel esquisito. Parecia uma chaleira desconjuntada, prestes a se desmantelar. A janelinha assomou um rosto com chapelão, véus e flores. O braço gordo acenou:

— Millie! Millie, querida!

"Quem será essa madame que me aparece justamente agora para estragar os planos?", pensou Natércia fingindo não ter ouvido. A mulher, porém, continuou acenando e, agora, o motorista buzinava. Não houve jeito de Natércia continuar fingindo que não estava vendo. Então, olhou.

— Millie, queridinha, não se lembra de mim? Com cara de quem não se lembrava, Natércia se aproximou.

— Sou Mimi, querida! Será que mudei tanto assim? Vamos, se aproxime que não vou morder você! Dê cá um abraço. Até parece que não ficou três meses hospedada em casa quando chegou da Geórgia! Sulista esquecida! Não conhece mais os velhos amigos do Norte?

"Deus, *isso* aí será a mãe de Lola-Lola?", pensou Natércia arrepiada.

Aí, veio um abraço perfumoso, apertado. Natércia quase se afogou. Como precisava ter certeza de que Mimi era mesmo a mãe de Lola-Lola, arriscou:

— Como vai Lola-Lola, Mimi?

— Divinamente bem, queridinha, obrigada! De namoro, com um ricaço fabricante de automóveis. Eles dizem que em breve o mundo estará cheio de carros, mas eu não acredito, porque eles são só para quem tem dinheiro. Vamos à minha casa, amor? Quero lhe oferecer um chá para falarmos dos bons tempos.

— Oh, agora não posso, Mimi! Estou esperando alguém...

— Não me diga que também conseguiu caçar um endinheirado, benzinho! — e os olhos de Mimi brilharam maliciosos. — Quem é ele?

Um impulso fez Natércia responder sem pensar:

— Pérez!

Mimi ficou tão branca quanto os véus que usava.

— Pérez? Você... fa-falou com ele?

— Não foi bem assim. Ele me mandou um bilhete pedindo para se encontrar aqui comigo, às três.

— Oh, bi-bilhete? — e Mimi se abanou. — Então quer dizer que você não o viu, não falou com ele, não esteve com ele...?

— Não, por quê?

Mimi soluçou e levou um lenço aos olhos.

— Aquele bruto, falso, hipócrita, mentiroso!

— Por que falar tudo isso dele, Mimi?

— Por quê? Queridinha, não se faça de inocente! Pérez *continua* maluco por você, está na cara! E você está cansada de saber como Lola-Lola sofria por isso! Ela sempre o amou à traição! Não vá me dizer que não sabia!

— Não, não sabia!

— Sempre a mesma carinha de anjo que deixou o Pérez maluco. Ai, eu sei como são os homens! Mas escute aqui, meu bem: se é Pérez que você está esperando, desista. Ele não vem.

— Por quê?

— Passou por casa antes de eu sair. Estava apressado, com roupa para viagem. Disse que ia partir para a Califórnia. Aconteceu um imprevisto e ele precisou fugir, quero dizer, viajar às pressas. Mas que lindíssimo chapéu o seu!

"*Fugir*, ela disse. Será que a polícia está atrás dele?", pensou Natércia.

— Agora que não tem mais a quem esperar, vamos, entre. Venha tomar um chá comigo, faço questão! Ficarei muito sentida se você recusar!

Não vendo outra alternativa, Natércia subiu no automóvel. Se ao menos pudesse fazer um sinal para Jenner!

Ele estava olhando para o outro lado da rua quando Natércia entrou no automóvel.

E a chaleira sacolejante lá se foi pela rua afora sem que ele visse.

catorze

O CARRO parou com um estouro, e o cerimonioso motorista abriu a porta. Mimi desceu com ares de rainha. Natércia apeou atrás. Olhando em volta, ela viu o escuro e triste rio Hudson pela esquerda. Pela direita enfileiravam-se casinhas iguais e populares. Com tanta pose no vestir-se, Mimi morava em um lugar daqueles?

— A casa é pequena, mas o coração é grande — disse Mimi tomando a dianteira, depois de haver pago o motorista.

Angustiada, Natércia olhava para os lados. Onde estava Jenner? Deus, só de pensar na possibilidade de estar perdida, ficava toda arrepiada!

Mimi empurrou o portãozinho. Como a dobradiça estava quebrada, o portãozinho caiu.

— Não ligue para estes detalhes — pediu Mimi. — Você sabe que nunca fomos ricas. Lola-Lola prometeu que, depois que se casar com o ricaço, moraremos no coração de Nova York. Aí, comeremos nos restaurantes mais caros, visitaremos exposições, será uma glória!

Um cachorro magricela latiu desafinado. Mimi lhe deu uma sombrinhada.

— Sempre detestei a pobreza! — disse, enojada.

A casa era de madeira pintada de verde. Dentro, móveis pobres e muito desmazelo.

— Um calor de matar! — disse Mimi cuidadosamente, tirando o chapéu depois de entrar. — Fique à vontade, meu bem. Dê aqui o seu chapéu, que vou guardá-lo no meu quarto.

De bom grado Natércia se livrou daquele chapéu cujo cacho de uva a irritava. Mimi, então, levou-o ao quarto e voltou em seguida.

— Vou preparar o chá. Sente-se e descanse.

— Que cerimônias são essas, Mimi? Faço questão de ajudar, ora essa! — e, muito desconfiada, não querendo ficar sozinha, acompanhou-a até a cozinha.

Ali, o desmazelo era maior. Pratos sujos amontoavam-se na pia. No fogão, panelas com restos de comida. Mimi fez que não viu e, abrindo uma brecha na pia, lavou as xícaras enquanto Natércia punha água a ferver.

— Lola-Lola não vai aparecer? — perguntou Natércia morrendo de medo que a outra aparecesse de um momento para o outro e começasse a fazer perguntas. Estava cada vez mais aflita porque não sabia como poderia voltar a encontrar-se com Jenner.

— Não, meu bem! Não lhe disse que ela viajou com o noivinho?

— Oh, é mesmo!

De repente, Natércia viu uma sombra passando pela janela. Arrepiou-se toda. E se fosse... Pérez?

— Meu bem, como você ficou pálida de repente! — observou Mimi. — O calor de Nova York é terrível durante o verão. Melhor tomarmos logo o chá. Vamos, sente-se!

Mimi puxou a cadeira. Naquele instante, o rosto apareceu na janela. Era Jenner!

Que alívio! Natércia chegou até a rir descontraída. Vendo isso, Mimi também olhou para a janela. Se Jenner não tivesse sido esperto, teria sido apanhado em flagrante!

— Que foi que você viu lá fora, meu bem?

— Nada, nada...

— Deixe pra lá. Este calor fortíssimo faz coisas esquisitas!

Enquanto Mimi ia servindo o chá, Natércia ia pensando: "Que será que Jenner está fazendo agora? Como ele veio parar aqui? Como ele soube, se não me viu sair? Oh, não interessa! Será que ele viu Pérez? Será que ele sabe que Mimi é mãe de Lola-Lola? O que será que vai acontecer no próximo capítulo, santo Deus?"

Mimi começou a tomar uns golinhos de chá. Mas, de repente, ouviram batidas fortes à porta. O sorriso de Mimi se desmanchou.

— Quem será?

— Vai ver que é a polícia — falou Natércia sem saber por que dizia aquilo.

Aí, Mimi branqueou.

quinze

— PO-POLÍCIA? — perguntou Mimi levando a mão ao peito. — Millie, não vá me dizer que você aprontou outras, de novo! A polícia está atrás de você?

Completamente aturdida porque nem ela própria sabia por que tinha mencionado a polícia, Natércia nem sabia o que responder. Começou a torcer as mãos achando melhor sair daquela inventando uma boa mentira.

— Sim, eu acho que eles estão me procurando. Oh, por favor, me esconda, Mimi! Depois eu conto tudo o que aconteceu!

Na verdade, o que Natércia estava querendo fazer era pular uma janela e sair correndo para se encontrar com Jenner. Talvez fosse o único modo de livrar-se daquela maluca e daquele chá horrível!

— Está bem! — declarou Mimi quando as batidas ressoaram mais forte.

Agarrando Natércia pela mão, Mimi trancou-a no quarto de visitas. Depois, respirando fundo, dirigiu-se à porta e abriu-a. A surpresa, porém, foi tão grande que ela quase caiu de costas:

— Você???

— Sua traidora! — gritou a voz masculina. — Vou entrar! — e deu tamanho empurrão que Mimi quase se esborrachou em cima da mesa.

Foi tudo o que Natércia conseguiu escutar pelo buraco da fechadura enquanto o coração disparado quase lhe saía pela boca. Depois, uma batida de porta e silêncio. O que estaria acontecendo?

Desesperada, Natércia olhou ao redor. O guarda-roupa estava aberto. Mimi não era mesmo nem um pouco ordeira, os vestidos estavam jogados sobre a cama, sobre a cadeira, sobre...

— Atchim! — e, com o espirro de alguém dentro do guarda-roupa, uma pluminha verde de chapéu subiu aos ares. Natércia descorou e, encostada à porta, escorregou sentando-se no chão. Nesse momento, um rosto saiu de dentro do guarda-roupa.

— Jenner!

— Psiiiiiu!

— O que você está fazendo aí?

— Tentando salvar você!

Ela procurou levantar-se, mas o vestido justo não permitia. Irritada, Natércia ergueu a mão.

— Então me puxe para cima que não consigo me levantar sozinha! Droga de saia justa!

— Não está contente de eu ter encontrado você?

— Lógico! — e, já de pé, endireitou a blusa.

— Como você me descobriu?

— Fácil! Assim que dei por sua falta, corri até em frente ao Paladino. Aí, um daqueles porteiros me disse que você tinha acabado de entrar num automóvel. Só tive de pegar outro.

— E me seguiu, igualzinho no cinema!

— Ou em histórias de perseguição. Quem é ela?

— Mimi, mãe de Lola-Lola. Estive três meses hospedada nesta casa quando vim da Geórgia.

— Ela desembuchou alguma coisa?

— Eu disse a ela que estava esperando Pérez lá no Paladino. Ela respondeu que ele jamais iria ao encontro porque precisou fugir para a Califórnia. A polícia está atrás dele!

— Então, Pérez está vivo!?

— E por que não estaria?

— E por que você está trancada aqui no quarto?

— Alguém esmurrou a porta dos fundos. Não sei por quê, falei que podia ser a polícia, e Mimi branqueou. Expliquei que eles estão me perseguindo. Oh, Jenner, fiquei com medo, queria pular a janela, fugir, ir me encontrar com você!

— Mas *quem* estava esmurrando a porta da cozinha?

— Sei lá! Só escutei uma voz de homem chamando Mimi de traidora e, depois, tudo ficou em silêncio.

— Traidora... No bilhete estava escrito *mentirosa*. São duas acusações parecidas. Tanto quem escreveu o bilhete quanto quem esmurrou a porta estão zangados com Mimi. Serão as mesmas pessoas?

— Pérez? — arriscou Natércia. — Vai ver que ele voltou da viagem...

— Ele não está fugindo da polícia?

— Então Mimi deve ter mentido.

— E por que iria mentir a você?

— Não sei! Deve haver muita sujeira atrás de tudo isto!

— Se deve! Essa gente está sendo procurada pela polícia. Por acaso você pensa que estamos metidos com anjinhos? Sabe duma coisa? Melhor darmos o fora daqui o mais depressa possível!

— E o caso fica sem resolver?

— Que me importa! Se a Índia declarar guerra aos Estados Unidos, que se danem! Pensando melhor e consultando meu pouco conhecimento de História Universal, esses dois países nunca guerrearam entre si. Portanto, a guerra não vai acontecer. Podemos fugir.

— Tem razão, Jenner! Minha cabeça está como um balaio de gatos. Vamos cair fora antes que seja tarde demais.

Natércia já estava tentando saltar a janela, quando ouviram um berro pavoroso vindo de dentro da casa.

dezesseis

— FOI MIMI! — falou Natércia com os olhos arregalados. — Jenner, o desconhecido que esmurrou a porta deve estar atacando a coitada!

Jenner não respondeu.

— Vamos, faça alguma coisa! — mandou Natércia com as mãos na cintura.

— Que coisa?

— Ataque com o revólver que você encontrou na mansão da Magnólia Street!

— Meu anjo, eu perdi o revólver pelo caminho quando corria atrás de você.

— Oh, Deus, e você não teve a presença de espírito para procurá-lo?

— Entre um revólver e você, preferi procurar você. Fiz mal?

Já ia Natércia dando uma boa resposta, quando ouviram um grito mais forte. Agora, esganiçadíssimo:

— *Help!* Estão querendo me torcer o pescoço grrrrr...

— Jenner, esse grrrrr significa que Mimi... Você não se mexe? Pois então me mexo eu! — e, decidida, avançou para a porta.

Jenner, porém, agarrou-a pela cintura. Natércia começou a espernear, acertou um pontapé na canela dele. Jenner soltou-a e se pôs a pular numa perna só. Quando ela avançou decidida para abrir a porta, ele ainda teve tempo de agarrar-lhe o braço:

— Sua briguenta, dê uma olhada lá fora!

Ela olhou:

— A polícia!!!

Eram uns dez soldados de revólver em punho e, mais adiante, a viatura.

— Se quiser ser engaiolada, pode saltar a janela ou ir separar aqueles dois vigaristas — disse Jenner. — Não se esqueça de que a polícia está atrás do casal Milestone. Isto é: *de nós*.

— Precisamos nos esconder! — gemeu Natércia mordendo o nó dos dedos.

— Quer ficar debaixo da cama ou prefere entrar no guarda-roupa?

— Poeira de cama me dá alergia. Prefiro o guarda-roupa! — e, sem dizer mais nada, Natércia pulou para dentro.

Jenner pulou atrás e puxou a porta, fechando o móvel.

Passaram-se alguns momentos.

— Está tudo tão silencioso! — falou Natércia. — Será que já fizeram a pobre Mimi ao molho pardo? Está abafado aqui dentro e recende a naftalina. Abra a porta para entrar ar. Só um pouquinho!

Jenner obedeceu. Entrou uma réstia de luz, um ventinho e um estampido.

— Tiros! — amarelou ela. — Eles começaram a trocar tiros!

Naquele momento, uma bala perdida atravessou a porta do guarda-roupa e alojou-se um palmo acima da cabeça de Natércia.

— Por sorte ela estava bêbada! — brincou Jenner.

Natércia não quis saber de graça e se agachou no fundo do móvel. Jenner suspirou:

— É nisso que dá! Você vive lendo histórias de suspense lá na editora, e agora...

Não terminou a frase porque outra bala perdida furou de novo o guarda-roupa. Com isso ele resolveu calar a boca e também se agachou à espera de que o tiroteio parasse.

dezessete

LÁ FORA, a polícia interrompeu o tiroteio porque, de repente, também o interromperam dentro de casa.

Chapéu afundado na cabeça, colarinho alto e bigode de arame, o inspetor MacDonald olhou para seu auxiliar baixinho, o investigador Wolf.

— Muito bem, Wolf, parece que o Mão-de-Ferro apagou.

— Não sei, Mac! Lembra-se de Nova Jérsei? A polícia pensou que ele tivesse morrido afogado… e ele apareceu em Kansas. Ali, depois de um tiroteio, pensaram que ele tivesse morrido. Aí…

— Não precisa me repetir essa história que já conheço de cor e salteado! Daqui esse malandro não sai inteiro! Vá lá dar uma olhada! Chame o tenente Morrow e vá. O que está esperando? Que *eu* vá no seu lugar?

"Vida de cachorro!", resmungou Wolf achatando o chapéu na cabeça enquanto ia até ao tenente

Morrow. "O que esse maldito rajá tinha de ir enfeitado igual árvore de Natal à festa dos Milestones? Benfeito que tenha sido roubado! Quem manda ser tão exibido!?"

O tenente era baixinho, enrugado como um sapoti maduro e meio vesgo.

Abrigando-se atrás da cerquinha de madeira, lá foram os dois se aproximando da casa.

O inspetor MacDonald conferiu as horas: quatro e meia. Se não conseguisse reaver os diamantes, estava perdido. O chefão tinha dado só mais vinte e quatro horas. Isso significava que o prazo se encerrava às seis *daquele* dia. Ansioso, tirou o lenço e começou a enxugar a testa.

Naquele momento, o tenente Morrow e o investigador Wolf engatinhavam naquele chão quente. Tão quente que lhes queimava as mãos e provocava as mais horríveis caretas.

O inspetor viu quando eles se aproximaram da janela. Soprada pelo vento, a ponta da cortina balançava para fora. Eles foram erguendo devagar a cabeça... erguendo...

— Socorro! — berrou Mimi atirando-se de mergulho pela janela e caindo direto em cima dos dois policiais.

Formou-se um bolo de pernas, braços e cabeças muito difícil de desfazer. Aí, aproveitando-se da confusão, os outros policiais entraram na casa. Com a língua de fora e um sorriso cretino, o Mão-de-Ferro estava desacordado no chão. Por isso, foi fácil passar-lhe as algemas. Então, eles fizeram um sinal, e o inspetor MacDonald se aproximou com ar vitorioso.

Mimi chorava que parecia um chuveiro. Quando o nanico Wolf se levantou, ela se pôs a beijar-lhe as mãos.

— Graças a Deus vocês me salvaram das mãos desse monstro horrível! — gemeu secando as derradeiras lágrimas.

— A senhora está bem?

— Sim, obrigada!

— Então, chamarei o inspetor MacDonald para ouvi-la...

— Por favor, prefiro lavar o rosto antes. Estou tão... tão...

— Sim, eu compreendo! A senhora pode entrar. Depois o inspetor vai ouvi-la.

Mimi se afastou rapidinho, enquanto o desfalecido Mão-de-Ferro era devidamente engaiolado na viatura. Depois de lacrada a porta, o inspetor limpou as mãos com o lenço e bateu amistosamente no ombro de Wolf:

— Bom trabalho, bom trabalho! E a vítima?

— Foi lavar o rosto, dar uma penteada no cabelo. Vaidade feminina, sabe como é! A infeliz estava assustada de verdade! Parece uma boa pessoa.

— Deve ser, deve ser. Oh, agora precisamos encontrar aquela vigarista da Lola-Lola! — e o inspetor arreganhou os dentes. — Millie e Pérez fingiram ser os Milestones, mas foi Lola-Lola quem alugou a casa de Jerry Goldsmith. Portanto, é a terceira que está envolvida no golpe!

— Chefe, ela já se explicou na polícia, não se lembra? Declarou que a única coisa que fez foi alugar a mansão, a pedido de Pérez. Feito isso, entregou-lhe as chaves e desapareceu da jogada. Lola-Lola se declarou completamente inocente deste furto! Além do mais, tem um álibi: na noite do furto, ela estava em Detroit com o noivo.

— Eu duvido muito dessa história, Wolf! Gostaria de ouvir Lola-Lola outra vez.

— Mas não será hoje — concluiu o baixinho. — Lola-Lola foi vista ontem tomando o trem para Detroit.

— Foi de novo ajudar o noivo a fazer automovelzinho, não é? — resmungou o inspetor com uma raiva danada.

dezoito

— NÃO aguento mais este cheiro de naftalina, Jenner! Vou sair!

— Eu também. Mas cuidado, hein? Nunca se sabe...

Ressabiados, eles saíram e, engatinhando até a janela, espiaram por trás da cortina transparente.

— Nada! — falou Natércia.

Espiaram mais um pouco. Nenhuma sombra se movia.

— Vamos dar uma olhada na casa? — sugeriu o marido.

— Melhor você ir na frente.

— Uai, por quê? A corajosa ficou com medo?

— Não gosto de ver sangue, é isto.

— Então você acha que...

— Pode ter acontecido, não pode? Pobre Mimi! Parecia tão alegrinha, tão educada... tão gentil!

Jenner abriu a porta: Natércia segurou-se na cintura dele e fechou os olhos.

— Está vendo alguma coisa?

— Não, só a sala vazia.

Andaram mais um pouco. Natércia ouviu um nhect de porta se abrindo.

— E agora, onde estamos?

— No quarto dela.

— E então?

— Pode abrir os olhos. O quarto está vazio.

— Vazio? — e, admirada, arregalou os olhos. O quarto estava uma verdadeira bagunça. Pior do que o quarto da Magnólia Street, reviradíssimo. Roupas pelo chão, na cama, por toda a parte. Sobre a cama, Natércia reconheceu o chapéu branco que Mimi estava usando quando se encontraram.

— Mimi deu no pé, minha querida — declarou o marido.

— Será?

— Lógico! Pegou a mala, enfiou umas roupas dentro e zarpou!

Natércia correu até a janela. Não viu absolutamente ninguém.

— Ela saiu por aqui.

— Deve ter fugido pelos fundos.

— Mas fugir de quê, Jenner?

— Decerto cansou de ser alegrinha, educada e gentil. Em outras palavras: talvez também esteja envolvida na coisa. Com isso, o nosso trio se transforma num quarteto!

Natércia voltou correndo para o quarto onde se haviam escondido. Mas , assim que entrou e olhou para o guarda-roupa escancarado, ficou imóvel como se houvesse criado raízes.

Jenner passou correndo e enfiou o corpo pela janela. Dali podia-se observar muitos quintais das casas vizinhas.

— Lá está ela! — apontou, todo elétrico. — Engastalhada na cerca!

Como Natércia continuava imóvel, ele a agarrou pela mão e enfiou-a também no vão da janela.

— Com o *meu* chapéu! — bufou Natércia, de repente voltando a si. — Descarada! Bandida! Vigarista! Agora, eu tenho certeza! Jenner, vamos atrás dela. Precisamos agarrar Mimi!

— Nós?

Em vez de responder, Natércia ergueu a saia até os joelhos, saltou a janela e começou a correr.

Vendo que não poderia ficar ali parado, Jenner também saltou e, assim, começou a perseguição.

dezenove

OS QUINTAIS eram divididos por cercas baixas, e como uma campeã de corrida de obstáculos Natércia ia saltando tudo. Mais pesado e menos ágil, Jenner ia ficando para trás.

Enquanto isso, aflitíssima, Mimi bufava, resmungava e tentava desesperadamente se desvencilhar da cerca onde estava dependurada pela barra do vestido. Gorda, desajeitada, de mau jeito, Mimi dizia nomes cabeludos, porém o tecido era forte e ela não conseguia se soltar. Mais aflita ela ficava à medida que aquela magrinha arisca se aproximava de punhos erguidos.

Jenner até fechou os olhos quando viu Natércia pular em cima de Mimi e as duas rolarem no chão.

— Agora elas se arrebentam! — falou ele tratando de chegar rápido lá. E, de tão nervoso, foi levando no peito as cercas que encontrou pela frente.

Quem disse que conseguia separar as duas briguentas? Elas até levantavam poeira!

Foi aí que ele ouviu uns apitos e olhou para trás. Sim, era a polícia. À frente o tenente Morrow, atrás o Wolf e por último o inspetor MacDonald acompanhado pelos policiais. Eles se aproximaram bufando, e a primeira coisa que o tenente fez foi apontar a arma para Jenner.

— Afinal pegamos o bicho! — disse com uma risadinha cínica. — Mãos ao alto, Pérez!

— Eu???

— Investigador Wolf, separe aquelas duas — ordenou MacDonald.

Wolf fez uma cara feiíssima e, com a ajuda dos policiais, por fim conseguiu que elas se largassem. Bufando. Descabeladas. Sujas de poeira.

— Ah, a Sr.ª Milestone ou, melhor dizendo, Millie apanhada em flagrante! — declarou o inspetor com ar de vitória. — Até que enfim!

— Millie? Flagrante? — e Natércia cuspiu poeira. — Flagrante de quê?

— O pior de todos: agredindo uma velhinha. Wolf, ajude essa senhora a ficar de pé!

Wolf ajudou. Mimi tirou o lenço e, mais uma vez, abriu o chuveiro das lágrimas. Natércia estava quase esperneando de raiva.

— Eu exijo que respeitem os meus direitos!

— Serão respeitados na cadeia, Millie.

— Millie coisa nenhuma! Eu sou...

— Inspetor — disse Jenner — ela é a Srª Tangerino, minha esposa. Eu sou o Professor Tangerino e chegamos há poucos dias do Brasil.

— São mesmo uns caras de pau que gostam de assumir identidade falsa! — declarou Wolf admirado com tanto descaramento.

— Ela me agrediu! Ela me bateu! Ela queria me bateeeeeer! — choramingou Mimi procurando amparo no ombro do tenente, onde chorou mais à vontade.

— Calma, senhora... senhora... — e o inspetor engasgou.

— Móntez! Eu sou a mãe de Lola-Lola!

— Senhora Móntez uma pipoca! — gritou Natércia tirando o cabelo caído no rosto. — Essa aí é Lola-Lola em pessoa, ainda não perceberam? E ela tem uma boa porção de culpa no cartório!

Um momento de congelante embaraço. O inspetor franziu a testa, Mimi interrompeu a choradeira e Jenner olhou espantado para a esposa.

— Audácia! — declarou Mimi zangadíssima.

— Audácia? — desafiou Natércia. — Pois então, vejam! — e antes que alguém se refizesse da surpresa, deu um puxão, levantando a peruca de Mimi com chapéu e tudo.

Mimi deu um grito. O silêncio continuou.

— Sim, esta é Lola-Lola — disse o inspetor com um pigarro. — Mas... onde estão as provas? — perguntou, procurando se manter tão fleumático quanto possível. — Até aqui, eu só vi uma peruca sair voando!

— As provas estão lá dentro — respondeu Natércia fungando. — Venham comigo que eu mostro!

Entraram todos na casa e foram ao quarto onde ela e Jenner tinham ficado escondidos. Natércia escancarou mais a porta do guarda-roupa e começou:

— Prova número um: quando entrei correndo neste quarto e dei de cara com o guarda-roupa aberto, eu vi este — e tirou para que todos examinassem — vestido preto com babadinhos brancos nos punhos e na gola. Pois bem, hoje de manhã, quando saí da mansão da Magnólia Street, a vizinha, Srª Meadow, conversou comigo e me criticou porque eu havia tingido os cabelos. Ora, a verdadeira Srª Meadow morreu há mais de um ano. Portanto, ali estava uma *falsa* Srª Meadow que *era gorda* e que *usava este vestido*. Quem poderia ser???

Todos olharam acusadoramente para Mimi, que de boca aberta nem ousava respirar.

— Peraí que vou procurar a prova número dois — declarou Natércia enfiando-se no guarda-roupa, de onde se pôs a atirar roupas longe. Uma camisa pousou na cabeça do irritadíssimo inspetor.

— Vai demorar, minha senhora? — perguntou MacDonald.

— Ah, está aqui! — triunfante, Natércia ergueu uma blusa ao mesmo tempo em que enfiava a mão no bolso da saia, de onde retirou um quadradinho de pano. — Vejam: tempos depois de haver conversado com a *falsa* Srª Meadow, fui atacada diante de uma casa de modas. A atacante era rechonchuda como essa aí... e na luta eu arranquei o bolsinho da blusa dela. Agora, confiram os senhores: aqui a blusa que estava no guarda-roupa... e o bolsinho que estava *co-mi-go*!

— Deslavada mentira! — protestou Mimi recobrando a voz.

— Prove que é mentira! — desafiou Natércia.

— Lola-Lola, por que você está vestida deste jeito, fingindo ser sua própria mãe, a Srª Móntez? — perguntou o inspetor.

A gorda não respondeu.

— Eu sei por quê! — declarou Natércia. — Quando nós voltamos à mansão, a casa estava toda revirada. Alguém tinha ido procurar alguma coisa lá e não encontrou. Certamente seriam os diamantes do rajá. Essa pessoa deixou um bilhete...

— Posso vê-lo? — pediu o inspetor.

— Cadê o bilhete, Jenner?

— Ficou no bolso do terno de Mark Twain!

— Como? — perguntou Wolf com cara de tonto.

— Calma que nós vamos explicar tudo direitinho — declarou Natércia. — Vocês vão ver o bilhete. Por enquanto, saibam que ele dizia o seguinte: "Mentirosa! Pérez não liquidou Millie. Eles estão vivos! Espero as joias hoje, às quinze horas, em frente do Paladino. Nada de truques! Vá com a roupa que usava hoje de manhã. Do contrário...!"

Mimi-Lola-Lola estremeceu.

— Estranha exigência! — murmurou o inspetor coçando o queixo. — Ainda se dão ao luxo de que apareçam vestindo tal e tal roupa?

— Lola-Lola *esteve* na mansão depois que saímos pela primeira vez — continuou Natércia. — Acontece, porém, que não foi ela quem escreveu o bilhete. Foi outra pessoa, que ali também esteve *antes* dela. Posso provar que não foi ela quem escreveu o bilhete inteiro porque nem toda a letra é de Lola-Lola. Eu vi a letra dela aqui, num caderninho em cima da mesa. Ela é mal e mal alfabetizada, escreve garranchos...

Mimi-Lola-Lola quase estourou. Natércia continuou:

— Lendo o bilhete, Lola-Lola imediatamente pensou: "Se *ela* chegar, pegar as joias e levar até o Paladino, então eu vou na frente, dou um jeito de puxar conversa com ela e tiro-lhe os diamantes antes de ela entregar a não sei quem, isto é, ao autor do bilhete". Daí, Lola-Lola se disfarçou de Mimi Móntez, a própria mãe, pegou um carro e foi ao Paladino, onde me encontrou. Ela não poderia ir de Lola-Lola, claro, porque todos tinham visto Lola-Lola embarcar para Detroit. Portanto, disfarçando-se de Mimi Móntez, ela pensou que poderia ter um álibi perfeito!

— Espere! — ordenou o inspetor meio tonto. — Se esse foi mesmo o plano de Lola-Lola, significa que *você* levaria os diamantes. Muito bem, então, agora responda: onde estão eles?

— Sei lá! Já não lhe disse que não sou Millie? A coisa seria *com* Millie e, se não sou Millie, nunca roubei coisa nenhuma! Tudo aconteceu só porque ela *pensou que eu fosse Millie*!

— Quer dizer que você continua insistindo que é a senhora... senhora... o que mesmo?

— Tangerino.

— Então, você vai querer me convencer de que também não é Pérez? — virou-se para Jenner. — Dirá, da mesma forma, que nem tem sangue latino...

— Claro que tenho sangue latino: sou brasileiro! Mas Pérez é que não sou. Eu sou o Professor Tangerino em viagem de férias aos Estados Unidos com minha esposa!

— Muito bem, então provem!

Ouvindo isso, Natércia e Jenner gelaram. Provar de que jeito?

Aproveitando-se daquela oportunidade, Mimi-Lola-Lola entrou na conversa:

— Meus anjinhos — disse — muita coisa que Millie falou é verdade, em parte. Porém, a verdade maior é que nem você, Millie, nem você, Pérez, podem provar que *eu* roubei os diamantes, que nem sabemos onde estão. Millie, responda para que todos ouçam: por acaso eu a forcei a subir no carro, a vir tomar chá em casa? Eu a forcei exigindo que me entregasse alguma joia?

— Não...!

— Então, querida, você acha que eu iria deixar de exigir os diamantes de você, se eu soubesse que você estava realmente com eles, lá em frente do Paladino?

— Cheeeeeega! — ordenou o inspetor MacDonald, já perto de ter um faniquito. — Vocês não são professor coisa nenhuma e esposa nem aqui nem na China! São, sim, uma dupla de vigaristas que arquitetaram um plano diabólico para roubar os diamantes do rajá Karim-Sabá, e ponto final! Agora, vão fazer o favor de contar toda a verdade... ou terei de usar outro argumento para convencê-los?

vinte

COMO ninguém respondesse, o inspetor procurou tranquilizar-se.

— Muito bem, quem fala primeiro? — perguntou o inspetor olhando feio. — Você, Pérez, ou você, Millie?

— Eu não sou Millie! Millie está morta! — esperneou Natércia.

— Esta é a primeira vez que estou conversando com um fantasma! — declarou Wolf com uma risadinha abafada.

— Se não acreditam em mim, perguntem ao Jack, garçom do Frankfurt — continuou Natércia, procurando não perder o controle. — Ele me contou que, na madrugada de 21, Pérez esteve lá no bar e contou que Millie estava no fundo do rio Hudson. Depois, Pérez sumiu e nunca mais foi visto! Vai ver foi ele quem matou Millie!

— *Você* matou Millie, Pérez? — perguntou o inspetor olhando para Jenner.

— Eu não sou Pérez! — berrou Jenner ficando vermelho. — Sou o Professor Tangerino, quantas vezes tenho de dizer?

— Onde estão seus documentos? Passaporte, ao menos...

— Fomos roubados...

— Eu jurava que vocês viriam com essa desculpa! — e, irritadíssimo, o inspetor tirou o lenço para secar o suor que lhe escorria pela testa.

— Não adianta ficarmos aqui nesta lenga-lenga — falou Natércia. — Estou ficando irritada! O melhor é irmos para a delegacia, inspetor. O senhor não acha que, nesta história toda, as declarações daquele sujeito que veio aqui agredir Mimi não são muito importantes? A propósito, quem é o tal? Onde está ele? E por que tentou matar Mimi?

Mimi branqueou de novo.

— É Jim Mão-de-Ferro, perigoso contrabandista — declarou o inspetor. — Já foi levado preso para o xadrez.

— Ah, então ele contrabandeia *joias*? — perguntou Natércia com um arzinho misterioso. — Isso não lhe parece muito sintomático para ajudar a esclarecer o caso, inspetor?

Foi por esse motivo que o inspetor MacDonald resolveu, então, que todos iriam para a delegacia.

Subiram na viatura e lá se foram. A certa altura, porém, Jenner pediu:

— Inspetor, por favor, peça para parar um pouco no Museu de Cera...

— Não é hora de visitas.

— Não é para visitas. É para pegarmos o bilhete com o Sr. Twain. Nós lhe dissemos que está no bolso dele, não dissemos?

O inspetor sentiu uma agulhada no fígado e até mordeu o nó dos dedos para não gritar: "Esses brasileiros estão procurando me fazer de palhaço! Agora, decerto, vão querer meter um boneco de cera na confusão para me deixar mais nocauteado ainda! Mas eles me pagam se estiverem fazendo gracinha! Sempre ouvi dizer que os brasileiros são uns terríveis gozadores!"

Mas ordenou que a viatura parasse diante do museu. Jenner apeou e bateu. Apareceu um sujeito magrelo e feio de doer.

— Podemos falar com a senhora gorda que estava cuidando do museu hoje? — perguntou Jenner.

O homem fez um movimento negativo com a cabeça:

— Infelizmente, minha esposa foi levada para o manicômio...

— Por quê?

— Ela começou a falar que as figuras de cera de Mark Twain e esposa saíram do museu e foram trocar de roupa... Sabe? — e baixou a voz — acho que isso é doença que pega porque, hoje de manhã, o Sr. Hammer começou a dizer a mesma coisa... e a carrocinha levou o infeliz embora!

— Fique sossegado, meu senhor — falou Jenner com tristeza no olhar. — Ela há de melhorar. Será que posso ir lá dentro conversar um pouco com o Sr. Twain e esposa?

Ao ouvir aquilo, o sujeito feio deu um passo para trás e logo imaginou que deveria chamar a carrocinha para levar mais aquele sujeito também. Entretanto, ao ver a polícia, não se atreveu. Simplesmente abriu a porta para Jenner passar.

— Acho que você pôs no bolsinho do colete dele, querido! — falou Natércia, da viatura. — Recomendações ao casal Twain.

Ouvindo aquilo, o sujeito feio pôs as mãos na cabeça e disparou correndo a gritar:

— Ficou todo o mundo louco! Ficou todo o mundo louco! Ficou todo o mundo louco!

— Que será que aconteceu com ele, Wolf? — perguntou o inspetor admirado.

— E eu é que sei? — respondeu o baixinho. Dali a pouco, Jenner voltou com o bilhete, que entregou ao inspetor MacDonald.

— Espero que leia, confira e acredite no que dissemos — disse.

O inspetor leu. Depois guardou o bilhete no bolso e mandou tocar para a delegacia.

vinte e um

LÁ CHEGANDO, foram direto à sala do inspetor. Sobre a mesa, na parede, o retrato do presidente dos Estados Unidos e a bandeira vermelha e azul.

Cruzando as mãos, o inspetor olhou para todos aqueles sentados em sua frente.

— Muito bem, onde estávamos mesmo?

— Eu tinha pedido para serem tomadas as declarações do Mão-de-Ferro — disse Natércia.

O inspetor fez um sinal para um guarda e, dali a pouco, o Mão-de-Ferro entrava. Era um sujeito taludo, a pele do rosto espinhenta, lábios grossos e uma expressão apalermada. Quando ele viu Mimi-Lola-Lola, rangeu os dentes:

— Mentirosa! — gritou.

— Eis a prova! — declarou Natércia. — Ele já entrou xingando, igual no comecinho do bilhete. Sinal de que foi ele quem o escreveu!

— Foi? — perguntou o inspetor retirando o bilhete do bolso e estendendo-o ao Mão-de-Ferro.

Mão-de-Ferro deu uma olhada no papel que, depois, atirou em cima da mesa.

— Eu escrevi o começo deste bilhete, mas não escrevi o finzinho. Posso ser burro, mas não sou analfabeto pra escrever tão mal assim!

Natércia olhou com ares de "Eu não falei?" para o inspetor. Ele fez que não viu e perguntou:

— Que finzinho, Mão-de-Ferro?

Mão-de-Ferro pegou de novo o bilhete de cima da mesa e leu:

— "Vá com a roupa que usava hoje de manhã. Do contrário..." Pra que eu ia escrever uma bobeira destas? — e jogou de novo o bilhete sobre a mesa.

— Por que você chegou lá na casa de Lola-Lola querendo matá-la? — perguntou o inspetor.

— Eu não queria matar Lola-Lola! — respondeu o Mão-de-Ferro com cara de tonto. — Eu só queria dar uma lição em Mimi, a mãe dela! Palavra que eu tinha certeza de que estava socando a minha Mimi!

— E por que você quis socar Mimi?

— Porque a bandida me traiu! Prometeu se casar comigo, mas, uma semana atrás, fugiu com o quitandeiro para o Oregon! — e levando as mãos ao rosto começou a chorar como uma criança. — Oh, quando aquele árabe descreveu a mulher cafona, meu coração pulsou feliz no peito! Aí, eu pensei: "Mimi voltou arrependida para os meus braços!" Mas, como tenho o sangue quente e não levo desaforo para casa, resolvi, antes de fazer as pazes, dar nela uma boa lição. Então, começamos uma briguinha de amor que estava uma delícia! Mas, de repente, alguém bateu na minha cabeça com toda a força. Doeu!

— Fui eu e fiz bem feito! — murmurou Lola-Lola pelo canto da boca, sem ninguém escutar. — Espatifei o Santo Antônio de madeira de mamãe na cabeça desse bocó! Do contrário, ele me esganava de verdade!

— Muito bem! — e o inspetor ergueu o bilhete. — Através deste documento, você exigiu que alguém estivesse em frente ao Paladino às três da tarde. Chegou a ir lá?

— Claro! Só que cheguei atrasado. Fiquei que nem um bobo esperando! Aí, como ninguém aparecia, perguntei a um sujeito vestido de árabe, lá em frente ao Paladino, se ele não tinha visto uma mulher bonitona. O homem respondeu que sim, que havia chegado uma mulher bonitona em um automóvel. Disse que era uma loiraça cafona, toda embrulhada em véus, que parecia uma bala. Logo adivinhei que uma loiraça assim só podia ser a minha Mimi... e me esqueci de todo o resto! Daquele momento em diante eu só queria uma coisa: ter, novamente nos braços, a minha cafoninha!

— Cafona é a avó! — resmungou Lola-Lola, até entortando a boca de raiva.

— Inspetor, posso fazer umas perguntas? — e Natércia ergueu a mão.

O inspetor se abanou:

— Pode...

Virando-se para o Mão-de-Ferro, ela começou:

— Para quem, afinal, você escreveu o bilhete?

— Para Lola-Lola, naturalmente!

— Por que a chamou de mentirosa? E por que escreveu o bilhete para *ela*?

— Chamei de mentirosa porque Lola-Lola tinha me falado que Pérez havia liquidado Millie. E então, quando vi, hoje de manhã, Millie saindo da mansão, fiquei de queixo caído!

— Onde você estava quando viu Millie?

— Atrás do pé de magnólia, no jardim da mansão.

— Fazendo o que lá?

— Fui revistar a casa à procura dos diamantes, porque tinha sabido que, depois de roubados, tinham sido deixados lá. É que eu escutei Lola-Lola falando sozinha, na casa do cais, que os diamantes *ainda* estavam lá e que ela ia buscá-los. Foi ontem à noite que fiquei sabendo. Ontem à noite, fui à casa delas porque tinha uma secreta esperança de que Mimi já tivesse voltado arrependida...

Ao ouvir aquilo, Lola-Lola até ficou azul! Porque, de fato, ela havia mesmo (e que mania besta!) falado sozinha sem imaginar que o Mão-de-Ferro pudesse escutar! Como ela poderia ter desconfiado? Ele estava sentado como um bobo, chorando na sala, e ela estava no quarto se aprontando para sair... Será que havia falado tão alto assim?... Ou o danado teria ido escutar atrás da porta?

— Continue!

— Entrei na mansão, revirei a casa, mas não encontrei nada. Fiquei louco da vida e pensei: "Vou deixar um bilhete ameaçador. Quando Lola-Lola chegar para procurar as joias e ler, há de ficar com medo porque não vai saber *quem* escreveu o bilhete. Afinal, ela não sabe que eu sei de tudo. E, assim, os diamantes virão para o meu papo!"

— Oh! — fez Lola-Lola com tanto ódio que até saiu fumacinha de sua cabeça.

— Viu só, Jenner? — falou Natércia dirigindo o olhar para o marido. — Aí está toda a explicação! Nós só não deciframos o mistério hoje de manhã porque pensávamos ter sido Pérez o autor do bilhete. Afinal, não sabíamos que Mão-de-Ferro estava na jogada, não é?

— Pelo amor de Deus, não me conte o que vocês deduziram porque não quero embaralhar ainda mais este caso complicadíssimo! — implorou o inspetor.

— Inspetor, eu sou mulher de classe e não estou aqui para ouvir desaforos! — gritou, de repente, Lola-Lola pondo-se de pé. — Já fui insultada demais *sem provas*, e essas histórias não colam! Melhor desembucharem logo onde *eles* esconderam os diamantes do rajá! — e endireitou o cacho de uva que lhe caiu no nariz. — Não aguento mais ficar aqui ouvindo esse brutamontes imbecil e sem cérebro inventando coisas a meu respeito e não quero mais ver a cara dessa sujeitinha cínica!

Aquilo foi demais! Natércia perdeu a cabeça e voou em direção a Lola-Lola para o segundo tempo da briga. Lola-Lola deu um salto para trás, o chapéu tombou para a frente arrastado pelo peso do cacho de uva, que foi ao chão. No salto, Natércia pisou em cima das uvas.

— Amassou as coitadinhas! — gemeu Jenner fechando os olhos.

Todos olharam para o chão. Natércia ergueu o pé. Alguns pontos brilhavam como se fossem cacos de vidro misturados às uvas de cera esmagadas. Todos se abaixaram ao mesmo tempo para ver mais de perto, porém foi Wolf quem pegou um dos caquinhos e...

— Os di-diamantes do rajá Karim-Sabá!

Foi aquele silêncio de velório! Lola-Lola estava mais branca do que a parede, e Natércia pensou depressa: "Então, *foi por isso* que, quando ela fugiu, pegou o *meu* chapéu! Por isso que ela não me agrediu em frente ao Paladino. Seria mais fácil, e ninguém suspeitaria, se me levasse para casa com a desculpa de tomarmos um chá. Aí, quando chegamos, a primeira coisa que essa espertalhona fez foi sugerir que eu tirasse o chapéu e levou-o ao quarto *dela*. Ela sabia que os diamantes estavam escondidos nas uvas. Sim, a estranha que me agrediu em frente à loja de roupas *também* queria o meu chapéu: era Lola-Lola disfarçada de outra pessoa. Foi ela que acrescentou a segunda parte ao bilhete do Mão-de-Ferro, reconheci a letra lá na casa do cais. Meu Deus, a coisa aconteceu assim: quando Jenner e eu saímos da mansão pela primeira vez, logo depois o Mão-de-Ferro entrou e revirou tudo. Como não encontrou os diamantes, ficou furioso achando que Lola-Lola estava mentindo e escreveu o bilhete. Depois, saiu para ir esperar por perto do Paladino. Acontece que, não tendo conseguido arrancar o meu chapéu, Lola-Lola achou que deveria me esperar de volta na mansão, porque tinha certeza de que eu iria voltar lá... ou pelo menos *poderia* voltar. Afinal, depois daquela confusão com a polícia, onde poderia pensar encontrar Millie? Quando, porém, viu toda aquela bagunça e encontrou o bilhete, em vez de ficar com medo de quem a ameaçava, escreveu aquele fim exigindo que Millie comparecesse com tal roupa em frente ao Paladino, pois, indo com a roupa, iria com o chapéu. Aí, inventou *mais um disfarce* e apareceu lá com aquela conversinha boba para pegar o *meu* chapéu. Oh, como é esperta essa bandida! Mas eu sou mais esperta do que ela, juro por Deus!"

Então, olhando firme para Lola-Lola, Natércia cruzou os braços e disse:

— Pronto, senhores, eis a prova principal: os diamantes sagrados do rajá escondidos *nas uvas do chapéu de Lola-Lola Móntez*!

— O chapéu não é meu! — protestou Lola-Lola dando um salto. — Este chapéu é de Millie e estava na *sua* cabeça!

Natércia deu uma risadinha cínica:

— Queridinha, já estou cansada de ouvir você sempre se defendendo do mesmo jeito! Tudo o que eu afirmo a seu respeito, você diz que fui eu! Quando o inspetor nos pegou brigando, ele usou a palavra *flagrante*. Pois bem, o flagrante é o seguinte: este mimoso chapeuzinho estava na *sua* cabeça! Logo, não podia ser meu, a não ser que você o tivesse *rou-ba-do*. Por acaso alguém viu este chapéu na *minha* cabeça?

Todos fizeram que não. O chapéu estava mesmo — e muito bem amarrado, tanto que não caiu durante a briga — na cabeça de Lola-Lola.

— Isso é uma armadilha, uma deslavada mentira! — e Lola-Lola ficou vermelhíssima pensando: "Eu sou uma burra! Por que não enfiei o chapéu na mala, em vez de pôr na cabeça? Cretina!" E em voz alta: — Fui vítima de uma trapaça!

— Benfeito! — declarou o Mão-de-Ferro. — Você vive enganando e instigando todo o mundo. Foi você quem instigou sua mãe a fugir com o quitandeiro em vez de casar comigo!

— E que tem isso a ver com os diamantes? — gemeu o inspetor.

— Foi ela quem planejou todo o assalto, inspetor! — dedou o Mão-de-Ferro. — Naquela noite em que fui à casa no cais, ela falou tudo, tudinho! Falava sozinha como uma boba, ria, passava perfume e dizia (o Mão-de-Ferro revirou os olhos, afinou a voz e imitou): "Estou cansada desta vida horrível de artista! Por isso, 'bolei' o golpe do roubo dos diamantes do rajá, não aguento mais trabalhar naquele palco mofado representando papéis de mulheres famosas da Inglaterra! Um bom golpe, um bom dinheiro, adeus

Frankfurt e... vamos viver uma belíssima vida de rico aposentado!"

— Mentira! Ele quer se vingar de mim porque mamãe não quis se casar com esse monstro antediluviano!

— Mão-de-Ferro, você jura que tudo isso é verdade? — perguntou o inspetor.

— Dou por escrito!

Foi aquela confusão, os dois quase se pegaram. Desgrenhada, bufando, ameaçando céus e terras, finalmente Lola-Lola aceitou os fatos. Agora, só teria um fim: o xadrez. Quando ia saindo de braços dados com dois soldados, Natércia ainda teve uma pergunta a fazer:

— Lola-Lola, afinal, quem foi mesmo que alugou a casa da Magnólia Street? O empregado do Sr. Goldsmith nos disse que foi uma *linda* loirinha *magra*.

Lola-Lola olhou Natércia de alto a baixo e respondeu:

— Eu e Millie fomos juntas até lá. Porém, quem apeou foi Millie. Ela conversou com Jerry Goldsmith, porém usou o meu nome.

— Então está confirmado que o empregado de Jerry falou a verdade — concluiu Natércia.

— Posso saber por que Millie usou o seu nome? — indagou o inspetor.

— Ela era uma danada, inspetor! Se a coisa saísse mal, quem entraria pelo cano seria eu. E acho que ela estava com a razão, não é? Parece que eu entrei mesmo pela tubulação inteira! — arrematou Lola-Lola encolhendo os ombros.

E retirou-se.

vinte e dois

DEPOIS QUE Lola-Lola e Mão-de-Ferro se retiraram, o inspetor olhou para os dois, revirou os olhos e perguntou:

— Como é? Como vou resolver o caso de vocês?

— Simplesmente nos deixando ir embora, uma vez que os diamantes foram encontrados e a nossa inocência ficou provada — declarou Jenner.

— Ficou mesmo? — o inspetor levantou-se. — Afinal, foi na casa de vocês que aconteceu o furto...

— Pelo amor de Deus, inspetor, não comece tudo outra vez! — gemeu Natércia. — O senhor escutou o Mão-de-Ferro dizendo que os planos todos foram de Lola-Lola, eles que roubaram o rajá, os diamantes já foram localizados, e nós já lhe dissemos mil vezes que a casa não é nossa. Nós somos...

— ... o Professor Tangerino e esposa. Muito bem, mas até agora não vi os documentos. Portanto, para mim, continuam sendo Millie e Pérez! E esse casal cometeu um delito se fazendo passar pelo casal Milestone!

— Nós já não lhe dissemos que perdemos os documentos? Até o passaporte!

— Perderam ou foram roubados?

Jenner caiu sentado e segurou a cabeça entre as mãos. Natércia respirou fundo. Precisava inventar qualquer coisa depressa! Então, fechou os olhos e, quando voltou a abri-los, disse com uma piedosa expressão de arrependimento:

— Inspetor, resolvi contar toda a verdade!

Jenner quase caiu da cadeira. O inspetor até deu três pulinhos!

— Conte, Millie, conte toda a verdade que prometo ser bonzinho para com vocês!

— Infelizmente para o senhor, eu não sou Millie! — repetiu Natércia quase gritando. — Continuo sendo a Srª Tangerino e brasileira! Mas há uma novidade no caso: nós somos primos de Jerry Goldsmith, o dono da mansão da Magnólia Street!

O inspetor fez uma cara!

— E que isso tem a ver com os fatos, minha complicadíssima senhora?

— Bem, acontece que nosso primo Jerry alugou a mansão para Lola-Lola há três meses. Mas, depois de firmado o contrato, ele ficou sabendo que Lola-Lola não era lá gente... fina, digamos. Ele ficou a par da cruel verdade de que ela era uma atriz já em declínio, cinquentona, e que andava em muito más companhias, por sinal, procuradas pela polícia: Pérez e Millie!

— Continue!

— Aí, desconfiado, só desconfiado, note bem, ele escreveu a seu primo Geraldino Tangerino, meu marido, para que viesse até aqui para... digamos... como detetive particular. Vê a roupa que ele veste? É igualzinha à do Sherlock Holmes, não é? Pois então...

— Eu não tinha reparado!

— Pois repare agora. Então, justamente quando meu marido soube que a polícia estava atrás de Pérez e de Millie e até da própria Lola-Lola... que se deu o furto!

— E daí? E daí?

— Daí que a embaixada brasileira nos pediu sigilosamente para que servíssemos de medianeiros entre a Índia e os Estados Unidos, para evitar atritos. O senhor entende... Alta diplomacia...

Jenner nem sabia o que pensar. Natércia estava quase provocando uma guerra cósmica!

— Verdade, professor? — perguntou o inspetor com ar incrédulo.

— Estamos aqui, neste caso, por iniciativa da embaixada brasileira e em nome particular do presidente do Brasil! — acrescentou Natércia em tom de segredo, porque Jenner não tinha coragem nem para confirmar tal história. — Nosso presidente é muito amante da paz. Se duvidam de mim...

— Poderíamos escrever uma carta sigilosa ao presidente brasileiro expondo o caso... Como é mesmo o nome do presidente de vocês? — perguntou Wolf.

Jenner amarelou duma vez. Como ia ele lembrar o nome do presidente em 1914?

— Marechal Hermes Rodrigues da Fonseca — declarou Natércia, que tinha uma memória de computador. — Mas se vocês escreverem a carta, será uma afronta! Sinal de que não estão acreditando nem na embaixada brasileira nem...

— Isso! — e Wolf ergueu o dedo. — Não precisamos escrever ao presidente. Basta apenas uma discretíssima consulta junto à embaixada brasileira!

Aí, foi a vez de Natércia perder a cor. O inspetor já havia pego papel e caneta, quando Jenner ficou de pé:

— Esperem! — pediu. — Eu tenho uma ideia melhor que dispensará qualquer tipo de informação e quebra de sigilo. Mandem vasculhar o fundo do rio Hudson, inspetor. Se encontrarem o corpo de Millie...

— Muito bem! — declarou o inspetor deixando cair a caneta. — Essa é uma boa ideia que evitará atritos diplomáticos. Wolf, ponha todos os homens a sondar o fundo do rio! Enquanto isso, o casal brasileiro ficará aqui, como hóspede do governo. Tomam alguma coisa?

— Um copo d'água! — declarou Natércia caindo sentada.

Então o inspetor se retirou.

vinte e três

JÁ HAVIA escurecido quando o inspetor e Wolf entraram apressados.

— Em nome do presidente dos Estados Unidos da América do Norte devemos pedir desculpas aos senhores! — declarou o inspetor visivelmente desnorteado.

— Desculpas?

— Sim. Os corpos de Millie e Pérez já haviam sido localizados e estavam na morgue da delegacia perto do rio à espera de identificação.

— O de Pérez também? — e Jenner caiu sentado.

— Inspetor — Natércia tratou de não demonstrar surpresa nem nervosismo — se os dois estão mortos... como aconteceu?

— Uma testemunha declarou ter visto um homem e uma moça discutindo perto do rio Hudson na madrugada do dia 21. As descrições conferem com as de Millie e Pérez. E no dia seguinte Pérez aparece morto debaixo de um trem. Um empurrão?

Um desequilíbrio? Acidente? Assassinato? Quem é que sabe?

— Oh!

— Lola-Lola vai ter muitas outras explicações para nos dar — declarou o inspetor. — Coisas tais como: Por que Lola-Lola se disfarçou de viúva Meadow? Por que não entrou direto na mansão para apanhar o chapéu? Por que, na noite do furto, escondeu os diamantes nas uvas do chapéu?

— Ela é uma mulher esperta, inspetor — declarou Natércia. — Seria arriscado sair da mansão com os diamantes no bolso, ou talvez ela tenha, desde o começo, querido passar a perna nos sócios, quem é que sabe? Por isso, sua primeira providência foi fazer os dois desaparecerem: Pérez acabou com Millie e, depois, *acidentalmente*, aparece morto debaixo de um trem. Aí, Lola-Lola aguardou o momento oportuno para entrar na mansão. Como? Vestida de *falecida* Srª Meadow! Sim! Se alguém visse a Srª Meadow por ali jamais iria acreditar, porque a Srª Meadow estava morta. Como ninguém tem coragem de jurar que viu um fantasma, Lola-Lola poderia sossegadamente revirar a casa à procura do chapéu sem levantar suspeitas a ninguém.

— Será possível? — observou o inspetor coçando atrás da orelha.

— Possibilíssimo! — continuou Natércia, toda animada. — Acompanhe o meu raciocínio: de manhã, quando saímos da mansão da Magnólia Street, Lola-Lola, disfarçada de Srª Meadow, lá estava na casa vizinha esperando para entrar na mansão... e fazer aquela revirada para encontrar os diamantes, certo?

— Certo. E depois?

— Aí, ela me viu. Mas pensou que fosse Millie de verdade. Deve ter ficado tão espantada quanto zangada, porque naquela altura ela *já sabia* que Millie deveria estar no fundo do rio, pois, lógico, Pérez devia ter feito o servicinho. Mas, ao me ver ali, Lola-Lola se desnorteou. Então, percebendo que Millie não a havia reconhecido disfarçada de Srª Meadow, resolveu puxar conversa. E assim falou do meu cabelo castanho, falou sobre os acontecimentos na festa...

— Continue, continue...

— Acho que por dentro ela estava procurando descobrir como e por que Millie estava ali viva, quando, na verdade, deveria estar morta. Foi aí que Jenner apareceu. Lola-Lola estremeceu, ficou branca e quase desmaiou, porque Pérez *também* estava vivo! Como poderia estar, se ela também *tinha certeza* de que ele estava morto? E aqui, inspetor, sou capaz de apostar que quem deu o empurrãozinho nele para debaixo do trem...

O inspetor pigarreou. Natércia encolheu os ombros:

— Como Pérez não a reconheceu, isto é, meu marido não a reconheceu, o jeito foi Lola-Lola fechar a cara, inventar uma desculpa e bater com o portãozinho e desaparecer o mais depressa possível. Portanto, inspetor, esse comportamento da Sr.ª Meadow, quero dizer, de Lola-Lola leva a acreditar... que ela tem mesmo muito mais culpa no cartório do que parece! Não acha?

O inspetor suspirou.

— Francamente, minha senhora, a esta altura dos acontecimentos, eu nem sei mais o que achar!

— Por favor, pare de encontrar explicações para todas as coisas — pediu Jenner segurando Natércia pela mão. Temia que ela complicasse as situações já resolvidas, acrescentando possíveis detalhes que não deveriam ser trazidos à tona. E sorriu: — Afinal, o detetive sou eu, não é mesmo, inspetor MacDonald?

— É, acho que é... Teríamos grande satisfação que fossem entrevistados pela imprensa norte-americana para uma reportagem esclarecendo que o caso foi resolvido pela cooperação das inteligências brasileira e americana, que, por sinal, sempre mantiveram um ótimo relacionamento!

— Ótimo, eu que diga! — resmungou Natércia pelo canto da boca.

Vieram as despedidas e eles já iam quase saindo quando Natércia se lembrou de outra coisa:

— Inspetor, será que eu não poderia levar aquele chapéu como troféu deste nosso caso? Sem os diamantes e o cacho de uva, claro...!

— Oh, sim, evidente! — concordou o inspetor. — Investigador Wolf, vá buscar o chapéu, que não sei onde ele foi parar!

O baixinho não tugiu nem mugiu e, dando meia-volta, saiu para executar a tarefa.

— Francamente... — e o inspetor segurou o queixo. — Como se explica que vocês sejam tão parecidos com Millie e Pérez? Nem que fossem gêmeos! Inexplicável mistério!

Dez minutos depois, Jenner e Natércia caminhavam pelas ruas de Nova York. Já havia anoitecido, e os lampiões de gás estavam acesos aqui, postes com iluminação elétrica, mais adiante.

— Como é bom respirar livre, sem a sensação de estarmos sendo perseguidos! — disse Natércia colocando o chapéu na cabeça.

Nisso passou um carro, e Jenner fez um sinal.

— Ei, aonde vamos? — perguntou Natércia admirada.

— Antes de me despedir de Nova York, quero conhecer um lugar com o qual sempre sonhei: o Central Park.

As árvores do parque eram bonitas e havia muitas pessoas passeando lá. Era verão, logo o outono começaria. Algumas folhas já estavam vermelhas. Os dois passearam juntos como dois namoradinhos: Jenner com ares de lorde inglês; ela, delicada e graciosa.

Passearam... Passearam... Passearam...

Até que apareceu um homem gordo carregando uma câmera fotográfica tipo caixote com um tripé. Ele vestia um casaco manchado, diferente dos demais, como se tivesse saído ou fosse entrar numa representação.

— Vocês fazem um lindo par e eu gostaria de fotografá-los juntos — disse, depois de alguns momentos de conversa. — Meu passatempo é perpetuar em fotografias os momentos da vida. Dão licença?

Jenner e Natércia concordaram e sentaram-se num banco de cimento. O fotógrafo ria e ajeitava a câmera.

De repente, um relâmpago cortou os ares com a queima do magnésio do *flash*.

Então, por alguns momentos, Jenner e Natércia tiveram a impressão de que haviam ficado cegos.

vinte e quatro

QUANDO recobrou a visão, Natércia percebeu que estava, de novo, no apartamento em São Paulo. Na parede, o relógio marcava 8 e 43.

"Deus, será que eu tive o descaramento de dormir durante oito minutos na frente da visita?", pensou sem gracíssima.

Jenner, na poltrona, ainda estava adormecido. Natércia ficou ainda mais sem graça com os modos do marido. Olhando, viu que o escritor continuava imóvel, na mesma posição de antes, observando fixamente o retrato em branco e preto.

Naquele instante Jenner gemeu baixinho, abriu os olhos e demonstrou tanto espanto quanto ela.

— Foi... tudo um sonho? — perguntou.

— Sonho? — e Natércia aproximou a cabeça, falando baixinho. — Eu estive em Nova York, em 1914...

— ... no roubo dos diamantes sagrados do rajá Karim-Sabá?

Ela se arrepiou tanto que nem foi capaz de dizer sim. Mal e mal conseguiu mover afirmativamente a cabeça.

Nesse momento, o escritor pareceu voltar a si. Olhou para o casal:

— Uma beleza esta fotografia. Fascinante!

— Tiramos no Empire State, em Nova York, sete anos atrás, quando estivemos passeando nos Estados Unidos — falou Jenner meio arredio.

— Parece uma autêntica foto do começo do século...

— As roupas não são exatamente roupas — explicou Natércia procurando fingir naturalidade. — Foram presas com alfinetes, montadas no corpo especialmente para a foto, entende?

— Belíssima! Sabem que ficaria ótima numa capa de livros?

— Aceita uma cervejinha? — perguntou Jenner maluco por mudar de assunto.

O escritor não respondeu. Ainda segurava a fotografia.

— Eu estava olhando para esta foto e, de repente, começaram a aparecer coisas na minha cabeça. Eu já lhes disse que cabeça de escritor é assim mesmo, meio maluca. Sabem o que eu vi?

— O QUÊ? — perguntaram os dois desconfiadíssimos.

— Bem, tudo aconteceu como um relâmpago e, de repente, eu imaginei que vocês tinham mergulhado no passado, até uma bela mansão na Magnólia Street, em Nova York, em 1914...

— Jesus! — murmurou Natércia se afundando na poltrona.

— Foi *ele* que pensou tudo! — gemeu Jenner, afundando igual à esposa.

O escritor nem percebeu a reação dos dois. Com o olhar fixo na foto, continuou contando tudo, tim-tim por tim-tim, todas as peripécias que eles tinham vivido. Quando terminou, sorria inocente:

— ... e foi assim que vocês, vivendo no presente, conseguiram resolver um caso no passado. Gostaram?

Pela expressão, nenhum dos dois havia gostado, porque continuavam murchos, afundadíssimos na poltrona e repetindo por dentro: "É incrível! Alguém nesta sala deve estar completamente maluco! Será que a força criativa desse sujeito é assim tão forte, que nós..."

— Espero que vocês não tenham ficado chateados com o que eu disse! — desculpou-se o escritor percebendo alguma coisa de errado por ali. — Quando começo a falar, não consigo parar, a minha imaginação voa!

Nisso, a empregada enfiou a cabeça na porta e, sem cerimônia, declarou:

— Dona Natércia, o suflê está queimando!

Foi o suficiente para que Natércia desse um salto e fosse acudir a cozinha. Jenner endireitou o corpo, nem percebeu que o copo de cerveja do escritor ainda estava cheio e perguntou:

— Quer mais uma cervejinha?

O escritor aceitou, e a prosa tomou um outro rumo.

Na cozinha, segurando a fôrma com o pano de prato, Natércia procurava colocar os pensamentos em ordem, enquanto a empregada ligava o exaustor para acabar com o cheiro de queimado.

"Juro por Deus que nunca mais em minha vida hei de convidar um escritor para jantar de novo aqui em casa!", pensou Natércia olhando para o suflê fumacento. "São todos um bando de malucos que deixam a gente maluca também!"

Mas, lá no fundo, continuava martelando a mesma dúvida: o que realmente havia acontecido durante aqueles inexplicáveis *oito* minutos?

AUTOR E OBRA

ARQUIVO DO AUTOR

Bem na hora do batizado o padre ameaçou, : "Com nome de pagão eu não batizo! Só se juntarem José". Foi assim, sob pressão, que Ganymédes passou a ser também José. Felizmente a imposição do vigário junto à pia batismal não deixou sequelas, e o garoto pôde seguir sua brilhante trajetória sem que o acréscimo fosse um peso. "Daí eu virei substantivo composto", brincava ele.

Ganymédes José nasceu em Casa Branca, no interior de São Paulo, em 15 de maio de 1936. Formou-se professor em sua cidade, fez direito na PUC de Campinas e cursou letras na Faculdade de São José do Rio Pardo. Desde cedo começou a juntar coisas no coração: pedaços do mundo (sua cidade, por exemplo, cabia inteira), gente, muita gente, livros, músicas... "Gosto de paz, silêncio, plantas, animais, amigos, honestidade, escrever, música, alegria, fraternidade, compreensão...", escreveu certa vez.

Quando ainda estava no grupo escolar, surpreendeu a professora ao afirmar que seria escritor. Retornando à sua cidade, depois de formado, o menino escritor deixou de ser menino. E não parou mais de escrever. Datilografava só com três dedos, o que não o impediu de nos deixar mais de 150 obras. É livro para todos os gostos: mistério, humor, histórico, romântico, infantil, juvenil... Em todos, o mesmo fio condutor, a mesma energia vital: o amor à juventude.

Teve obras premiadas pela Associação Paulista de Críticos de Arte (1975, melhor Livro Infantil) e pela Prefeitura de Belo Horizonte (1982, Prêmio Nacional de Literatura Infantil "João de Barro").

No dia 9 de julho de 1990, quando Ganymédes se preparava para o lançamento de *Uma luz no fim do túnel* — mais uma grande prova de amor ao jovem —, seu coração, aquele cheio de pessoas e coisas bonitas, parou repentinamente de bater. E tudo quanto ele amava levou embora, dentro do peito. Mas tudo em que acreditava ele deixou aqui, em seus livros.